The Life

OF

OUR LORD

WRITTEN FOR HIS CHILDREN DURING THE YEARS

1846 TO 1849

BY

CHARLES DICKENS

AND NOW FIRST PUBLISHED.

—•••—

1934

SIMON AND SCHUSTER.

NEW YORK.

예수의 생애
The Life of Our Lord

찰스 디킨스 지음 | 원은주 옮김

더스토리

Written for his own Children
by
Charles Dickens
1849

*This inscription appears on the medallion of the case which
contains the manuscript of Charles Dickens'
"Life of Our Lord."*

아빠 찰스 디킨스가 사랑하는 자녀들에게 들려준 이야기. 1849년
찰스 디킨스의 《예수의 생애》 원고가 담긴 상자에 이 글귀가 새겨져 있었다.

A PHOTOGRAPH OF THE FIRST PAGE OF THE MANUSCRIPT OF CHARLES DICKENS'
LIFE OF OUR LORD.

찰스 디킨스가 친필로 작성한 《예수의 생애》 원고의 첫 장 사진

CHARLES DICKENS.
Sir Henry Dickens' favorite portrait of his father.

"아버지의 모습이 가장 잘 드러나 보인다"며
헨리 디킨스 경이 가장 좋아했던 찰스 디킨스의 초상화

차례

찰스 디킨스의 작품 중 마지막으로 출간된 《예수의 생애》는 개인적인 관심사와 목적에서 쓴 책이기에, 디킨스의 다른 작품들과는 완전히 구별됩니다.

종교적인 주제를 택하긴 했지만 이 원고는 찰스 디킨스에게 대단히 사적인 글로서, 자신의 생각이나 인류애를 드러내려고 쓴 헌사가 아니고, 주님에 대한 깊은 신앙심의 고백 또한 아닙니다.

이 책은 찰스 디킨스가 죽기 21년 전인 1849년에 자녀들에게 남기기 위해 쓴 것입니다. 간단한 친필 원고로만 남아 있었고, 그마저도 완성도 높은 정식 작품이라기보다는 초안에 불과했습니다. 이 원고의 개성을 그대로 살리기 위해, 모든 세부 사항을 충실히 따랐습니다. 찰스 디킨스가 강조해 쓴 단어나 다른 특이점들을 그대로 반영했습니다.

찰스 디킨스는 자녀들에게 복음서 이야기를 자주 들려주었고, 자녀들에게 보내는 편지에서도 종교적인 예시를 들었습니다. 이 책《예수의 생애》는 출판을 염두에 두고 쓴 것이 아니라, 자녀들이 아버지의 생각을 영원히 간직하도록 남긴 기록입니다.

찰스 디킨스가 사망한 후, 이 원고는 처제인 조지나 호가스가 소유하고 있었습니다. 그녀가 1917년에 사망하면서 헨리 필딩 디킨스 경의 소유가 되었습니다.

찰스 디킨스는《예수의 생애》를 자신의 자녀들에게 가장 적합하다고 생각하는 형태로 썼으며, 출판할 의도가 없다고 분명히 밝혔습니다. 그분의 아들인 헨리 경은 자신이 살아생전에는 이 원고를 출판하지 않겠다고 했지만, 자신이 죽은 후에는 출판을 반대할 이유가 전혀 없다고 생각했습니다.

헨리 경의 유언장에는 '가족 대다수가 출판을 찬성한다면《예수의 생애》를 세상에 선보여도 좋다'고 적혀 있습니다. 그렇게 이 원고는 1934년 3월에 연재 형식으로 첫 출간이 되었습니다.

1934년 4월 마리 디킨스

Marie Dickens

April 1934.

제 1 장

사랑하는 내 아이들아, 아버지는 너희에게 예수 그리스도의 생애에 관해 꼭 알려 주고 싶단다. 세상을 사는 모든 사람은 그분에 대해 알아야 하기 때문이지. 지금까지 살았던 사람들 중에서 그처럼 선하고 자비롭고 다정한 분은 결코 없었단다. 죄인들, 그리고 여러 면에서 병들고 고통받는 사람들을 더없이 가엾게 여기셨거든. 지금 그분은 천국에 계시지. 천국은 우리 모두가 죽은 후에 가고 싶어 하는 곳으로, 그곳에서는 모두가 만나 영원한 축복을 누리며 행복하게 살 수 있단다. 예수님이 누구신지, 그리고 그분이 어떤 업적을 이루셨는지 알아야, 너희는 천국이 얼마나 멋진 곳인지 상상할 수 있을 거야.

예수님은 아주 아주 옛날에, 거의 2천 년 전쯤에 베들레헴이라는 마을에서 태어났단다. 부모님은 나사렛이라는 마을에서 살았으나, 일 때문에 베들레헴으로 여행을 가야 했지. 아버지의 이름은 요셉이었고 어머니의 이름은 마리아였어.

그런데 마침 그때 베들레헴에 일 때문에 찾아온 사람들이 워낙 많아서, 여인숙이나 가정집에도 요셉과 마리아가 머물 방이 하나도 없었어. 그래서 둘은 마구간에 묵게 되었는데, 이 마구간에서 예수 그리스도가 태어난 거야. 마구간이니까 요람 같은 것이 있을 리가 없잖아. 그래서 어머니 마리아는 어리고 어여쁜 아들을 말들이 여물을 먹는 구유에 눕혔지. 그리고 아기 예수는 구유 안에 누워 잠이 들었단다.

아기 예수가 잠든 사이에, 들판에서 양 떼를 지키던 목자들 몇 명이 온몸에 빛을 내며 들판을 가로질러 다가오는 아름다운 하나님의 천사를 보았단다. 처음에 그 목자들은 두려워서 바닥에 납작 엎드렸지. 천사는 이렇게 말했어.

"오늘 이 근처의 베들레헴에서 한 아이가 태어났다. 그 아이가 매우 훌륭하게 자라 하나님께서 그 아이를 아들처럼 사랑할 것이니라. 이 아이는 사람들에게 서로 다투고 상처 주는

법이 아닌, 서로를 사랑하는 법을 가르칠 것이니라. 그의 이름은 예수 그리스도이니, 사람들은 그의 이름을 부르며 기도하리라. 하나님께서 예수 그리스도를 사랑하시고, 사람들 또한 예수 그리스도를 사랑하게 될 것이니라."

그런 다음 천사는 목자들에게 마구간으로 가서 구유에 누운 아기를 보라고 말했단다. 목자들은 천사의 말대로 마구간으로 가서 잠든 아기 예수 앞에 무릎을 꿇고 말했지.

"하나님, 이 아기를 축복하소서!"

오늘날 영국에서 가장 큰 도시가 런던이듯이, 그 나라에서 가장 큰 도시는 예루살렘이었어. 그리고 예루살렘에는 헤롯이란 왕이 살았단다. 어느 날 머나먼 동방에서 현자들 몇 명이 와서는 왕에게 고했지.

"하늘에서 별을 보았는데, 그 별이 베들레헴에서 아이 하나가 태어났고, 그 아이는 모든 사람의 사랑을 받을 남자가 될 것이라고 했습니다."

헤롯 왕은 이 말을 듣고 질투가 났지. 헤롯 왕은 사악한 남자였거든. 하지만 겉으로 내색하지 않고 현자들에게 이렇게 물었어.

"이 아이가 어디에 있는가?"

그러자 현자들이 대답했지.

"저희도 모릅니다. 하지만 별이 저희를 안내해 줄 겁니다. 움직이는 별을 따라서 여기까지 왔고, 지금 그 별은 하늘에 가만히 멈추어 서 있습니다."

그러자 헤롯 왕은 현자들에게 그 별을 따라가 아이가 사는 곳에 가 보고, 그 아이를 발견하면 돌아와 자신에게 고하라고 명령했어. 그래서 현자들은 성을 나섰단다. 별은 현자들의 머리 위에서 조금 앞서가며 움직이다, 마침내 아이가 있는 집 위에서 멈추었지. 무척 경이로운 일이었는데, 하나님께서 그리하라 명하신 일이란다.

별이 멈추자, 현자들은 안으로 들어갔고 어머니 마리아와 함께 있는 아기를 보았단다. 현자들은 그 아기를 아주 어여쁘게 여기며 선물을 바쳤지. 그런 다음 그곳을 떠났단다. 하지만 헤롯 왕에게는 돌아가지 않았어. 헤롯 왕이 내색은 하지 않았지만, 현자들은 왕이 이 아이를 질투한다는 사실을 눈치챘거든. 그래서 밤을 틈타 조용히 동방의 고향으로 돌아갔단다. 그리고 천사가 요셉과 마리아 앞에 나타나, 헤롯 왕이 아이를 죽일 테니 이집트라는 나라로 떠나라고 알렸지. 그래서 요셉과 마리아는 밤을 틈타 아기를 데리고 도망쳤고 무사히 이집트에 도착했단다.

하지만 잔인한 헤롯 왕은 현자들이 돌아오지 않는 바람에 아기 예수가 있는 곳을 알아낼 수 없게 되자, 군대를 불러 모아 자신이 다스리는 영토에 사는 두 살 이하의 아기들을 모조리 죽이라고 명령했어. 군사들은 그 끔찍한 명령에 따랐지. 어머니들이 아기를 구하려고 품에 안고 거리로 달려 나와 동굴과 지하실에 숨겼지만 소용이 없었단다.

칼을 든 군인들은 눈에 띄는 아이들을 죄다 죽였지. 이 끔찍한 살육을 '무고한 이들의 죽음'이라고 불렀단다. 어린아이들은 아무런 죄가 없는 순진무구한 존재이기 때문이지.

헤롯 왕은 예수 그리스도도 그때 병사의 칼에 죽었기를 바랐단다. 하지만 너희도 알다시피 아기 예수는 무사히 이집트로 탈출했지. 사악한 헤롯 왕이 죽을 때까지 예수 그리스도는 아버지, 어머니와 함께 이집트에서 살았단다.

제 2 장

헤롯 왕이 죽자, 천사가 다시 요셉을 찾아와 더는 아이가 위험하지 않으니 예루살렘으로 가도 된다고 말했어. 그래서 이들 성(聖)가족, 그러니까 요셉과 마리아와 아들 예수 그리스도는 예루살렘을 향해 여행을 떠났단다. 그런데 가는 도중에 헤롯 왕의 아들이 새로운 왕이 되었다는 소식을 듣고, 새 왕 역시 예수를 해치려 할까 봐 두려워서 가던 발걸음을 돌려 나사렛으로 갔지. 그들은 거기서 예수가 열두 살이 될 때까지 살았단다.

그러던 어느 날, 요셉과 마리아는 그 당시에 자주 열리던 종교 축제에 참석하러 예루살렘으로 가면서 아들을 데려갔단다. 축제는 예루살렘 성전에서 열렸어. 성전이란 큰 교회, 아니면 성당과 같은 곳이야.

축제가 끝나자 요셉과 마리아는 나사렛의 집으로 돌아가기 위해 길을 나섰단다. 어마어마하게 많은 친구와 이웃과 함께 예루살렘을 나섰지. 그 당시에는 강도가 두려워서 많은 사람이 함께 여행을 했거든. 길이 지금처럼 안전하지 못했기 때문에 지금보다 여행을 하기가 훨씬 어려웠단다.

요셉과 마리아 일행은 계속해서 길을 걸었지. 하루 종일 걸으면서도 아들이 그 무리에 끼어 있지 않은 줄도 몰랐단다. 일행이 무척 많았으니까 그저 어디엔가 있으려니 했던 거야. 그러나 예수가 거기에 없다는 것을 알자, 아이가 길을 잃었구나 싶어서 놀라고 걱정하며 예루살렘으로 돌아갔어. 돌아가서 다행히 아들을 찾았지. 그런데 예수가 성전에 앉아서 박사 (doctor)들과 함께 하나님의 선하심과 하나님에게 어떻게 기도해야 하는가에 대해서 이야기를 나누고 있는 게 아니겠니. 박사란 오늘날 의사처럼 병자를 치료하는 선생님이 아니라, 학자이며 영리한 사람들이지. 그런 박사들이 어린 예수의 말과 질문에 드러난 대단한 지식에 모두 깜짝 놀랐단다.

예수는 부모님과 함께 나사렛으로 돌아갔고, 서른이나 서

FINDING OF THE SAVIOUR IN THE TEMPLE

by William Holman Hunt

른다섯 살이 될 때까지 거기서 살았어.

그때 나사렛에 요한이라는 훌륭한 사람이 있었단다. 마리아의 사촌인 엘리자베스라는 여인의 아들이었지. 당시의 사람들은 사악하고 포악하고 서로 죽이고 하나님에 대한 의무를 다하지 않았기 때문에, 요한은 나라를 돌아다니며 하나님의 말씀을 전하고 더 좋은 사람이 되라고 설교를 했어. 요한은 자기 자신보다 다른 사람들을 더 사랑했기 때문에, 그들에게 선행을 베풀 때에도 자신의 일은 돌보지 않았어. 요한은 낡은 낙타 모피를 몸에 걸치고 다녔고, 길에서 발견한 메뚜기라는 곤충과 속이 빈 나무에 벌들이 남긴 석청을 먹었지.

너희는 메뚜기를 본 적이 없을 거야. 왜냐하면 메뚜기는 여기서 아주 멀리 떨어진 예루살렘 주변 국가에서만 살거든. 낙타도 마찬가지지만, 낙타는 본 적이 있을 것 같구나. 사람들이 이곳에도 가끔씩 낙타를 가져오니까. 너희가 낙타를 보고 싶다면 아버지가 보여 주마.

예루살렘에서 멀지 않은 곳에 요단 강이 있었어. 요한은 그 강에서 자신을 찾아와 더 나은 사람이 되겠다고 약속하는 사람들에게 세례를 베풀었지. 어마어마하게 많은 사람들이 요한을 찾아갔단다. 예수 그리스도도 갔지. 하지만 요한은 예수 그리스도를 보자 이렇게 말했어.

"저보다 훨씬 훌륭한 분께 제가 어찌 세례를 베풀 수 있겠습니까?"

예수 그리스도는 이에 대답했지.

"지금은 그렇게 하라."

그래서 요한은 예수에게 세례를 베풀었단다. 예수가 세례를 받자 하늘이 열리고 비둘기 같은 아름다운 새들이 날아 내려왔고, 하늘에서 하나님의 목소리가 들렸어.

"이는 내가 사랑하는 아들, 내 마음에 드는 아들이니라."

그러자 예수 그리스도는 광야라고 부르는 거칠고 고독한 땅으로 가셨단다. 그곳에서 40일 동안 밤낮없이 '사람들이 더 나은 사람이 되도록 가르치고 도와주어서, 그들이 죽은 후에 천국에서 행복할 수 있게 해 달라'고 하나님께 기도했단다.

광야에서 나온 예수님은 병자에게 손을 올려놓음으로써 병을 고치기 시작했단다. 하나님이 예수께 병을 고치는 힘, 장님이 눈 뜨게 하는 힘, 그리고 내가 곧 너희에게 말해 줄 그리스도의 기적이라고 불리는 놀랍고 거룩한 일을 할 수 있는 힘을 주셨거든. 자, '기적'이란 말을 잘 기억하거라. 나중에 다시 그 말이 등장할 테니까 말이야. 기적이란 매우 놀라운 일, 하나님의 허락이나 도움 없이는 행할 수 없는 일인 것을 너희가 꼭 알았으면 좋겠구나.

예수 그리스도가 행하신 최초의 기적은 가나라는 마을에서 이루어졌지. 예수께서 어머니 마리아와 함께 결혼 잔치에 참석하러 가나로 갔는데, 잔칫집에 포도주가 없는 거야. 마리아가 물이 가득 찬 돌 단지만 여섯 개 있으니 어쩌느냐고 걱정했어. 그런데 예수님이 이 물을 포도주로 바꾸셨단다. 그저 손만 들어서. 그리고 거기 있던 사람들 모두가 그 포도주를 마셨지.

하나님은 예수 그리스도에게 그런 경이로운 일을 행할 능력을 주셨단다. 예수가 이런 기적을 행한 이유는 사람들에게 그가 보통 인간이 아니라는 사실을 알리고, 그가 가르치는 것을 믿고, 또 그가 하나님이 보낸 사람인 것을 믿게 하기 위함이었지. 과연 많은 사람들이 이 이야기를 듣고, 또 예수가 병자를 고쳤다는 이야기를 듣고 예수를 믿기 시작했단다. 예수가 어디를 가든 길거리나 도로에서 사람들은 그를 따랐지.

제 3 장

　예수 그리스도께서는 자신과 함께 사람들을 가르칠 선량한 동반자를 데리고 다니기로 하셨고, 가난한 자들 중에 열두 명의 남자를 선택하셨단다. 이 열두 명은 열두 사도, 또는 열두 제자라고 불러. 예수께서 가난한 자들 중에 제자를 고른 이유는 천국은 부자뿐만이 아니라 가난한 자를 위한 곳임을 알려 주고, 하나님은 근사한 옷을 걸친 자들과 맨발에 누더기를 걸친 자들을 전혀 차별하지 않으신다는 사실을 알려 주기 위해서였단다. 세상에서 가장 비참한 자, 세상에서 가장 뒤틀리고 추악하게 생긴 자라도 지상에서 선하게 산다면 천국에서 눈부신 천사가 되지. 이 사실은 너희가 어른이 되어서도 절대 잊지 말거라. 가난한 남자, 가난한 여자, 혹은 가난한 아이 앞에서 으스대거나 그들을 매정하게 대해서는 절대로 안 돼. 만약 그들의 행실이 나쁘다면, 그들이 상냥한 친구와 따뜻한 가정이 있고 더 나은 가르침을 받았더라면 더 나은 사람이 되었을 거라고 생각하거라. 따라서 언제나 친절한 설득의 말로 그들을 더 나은 사람으로 만들려고 노력해야 한단다. 언제나 그들에게 가르쳐 주고, 가능한 한 그들을 구원하도록 노력하거라. 만약 사람들이 가난하고 불행한 자들을 비난하거든, 그들한가운데로 내려가 그들을 가르치신 예수 그리스도를 떠올리고, 그분의 보살핌을 받을 자격이 있는 사람들인 것을 기억하거라. 언제나 그들을 가엾게 여기고 가능한 좋게 생각하거라.

예수님의 열두 제자의 이름은 시몬 베드로, 안드레, 세베대의 아들 야고보와 요한, 빌립, 바돌로매, 도마, 마태, 알패오의 아들 야고보와 다대오, 시몬, 그리고 가룟 유다야. 유다란 사람은 너희도 곧 알게 되겠지만 예수님을 배반하지.

제자들 이름에서 처음 네 명은 가난한 어부였단다. 그들이 해변가 배에 앉아서 어망을 수리하고 있을 때 예수 그리스도께서 그 옆을 지나가셨어. 예수님은 가던 길을 멈추고 시몬 베드로의 배로 다가가서 고기를 많이 잡았느냐고 물으셨지.

베드로는 아니라고 대답했어. 밤새도록 어망을 던져 놓았지만 아무것도 잡지 못했거든. 그러자 예수께서 말씀하셨어.

"그물을 다시 쳐 보아라."

그렇게 했지. 순식간에 그물 안에는 물고기가 한 가득 들어 있었단다. 얼마나 많이 잡혔는지 그물을 들어 올리려 여러 사람이 달려들었는데도 힘들 정도였어. 이것은 예수께서 행한 또 하나의 기적이었지.

그러고는 예수께서 말씀하셨어.

"나와 함께 가자."

그들은 즉시 예수님을 따라 나섰어. 그리고 그때부터 열두 제자, 혹은 열두 사도는 항상 예수 그리스도와 함께 다녔단다.

많은 사람이 예수님을 따르고 예수님의 가르침을 받기를 원했기에 예수께서는 산마루에 올라가서 그들에게 설교를 했단다. 그리고 "하늘에 계신 우리 아버지"로 시작하는 기도를 가르쳐 주셨지. 너희가 밤마다 외는 기도 말이야. 이것을 '주님의 기도'라고 부른단다. 예수 그리스도께서 처음 만드셨고, 또 예수 그리스도께서 제자들에게 가르쳐 주신 기도이기 때문이야.

예수께서 산에서 내려오셨을 때 나병이라는 무서운 병에 걸린 사람이 그분 앞에 나타났어. 그 당시에 나병은 흔한 병이었고 이 병을 앓는 사람을 나병 환자라 불렀단다. 이 나병 환자는 예수 그리스도의 발밑에 엎드렸지.

"주님, 주님께서 하고자 하신다면 저를 고쳐 주실 수 있습니다."

언제나 사람들을 불쌍히 여기시는 예수님이 손을 뻗어 말씀하셨어.

"내 하고자 하니, 너의 병이 나으리라!"

그러자 그의 몸이 깨끗해지고 병이 싹 나았단다.

예수께서 어디를 가나 많은 군중이 따라다녔기 때문에 그분은 제자들과 함께 잠시 쉬려고 어느 집으로 들어갔단다. 예수께서 집 안에 앉아 있을 때, 웬 남자들 몇 명이 들것에 누운 한 남자를 데려왔지. 중풍이라는 병에 걸려 몹시 아픈 환자였는데, 머리에서 발끝까지 온몸이 부들부들 떨려서 움직이지도, 서 있지도 못했어. 허나 어마어마하게 많은 사람들이 그 집 문과 창문을 모두 에워싸고 있어서 예수 그리스도의 근처에도 갈 수가 없었단다. 그래서 그 남자들은 낮은 지붕 위로 올라가, 꼭대기의 기와를 치우고 그 사이로 병자가 누운 들것을 예수가 앉아 계신 방 안으로 내려보냈지. 예수님은 그 병자를 보자 동정심이 일어 말씀하셨어. "일어나라! 들것을 들고 그대의 집으로 돌아가라." 그러자 그 병자는 자리에서 벌떡 일어나더니 아주 건강한 몸으로 집에 돌아갔단다. 예수님을 경배하고 하나님께 감사하면서 말이야.

백인(百人)대장, 즉 군사 100명을 거느리는 지휘관이 예수님을 찾아왔어.

"주님! 제 하인이 매우 아파 집에 누워 있습니다."

그러자 예수 그리스도께서 답하셨지.

"가서 치료해 주겠노라."

그러나 백인대장은 이렇게 말했단다.

"주님! 주님께서 어찌 저희 집까지 걸음하려 하십니까? 한 말씀만 해 주소서. 그러면 그의 병이 나을 것입니다."

예수 그리스도께서는 그 백인대장이 자신을 진실로 믿는다는 것에 기뻐서 말씀하셨지.

"그리 되어라!"

그 순간 하인은 건강을 되찾았단다.

허나 예수님을 찾아왔던 수많은 사람 가운데 가장 애끓는 슬픔에 찬 사람은 어느 지방의 재판관이었지. 그는 양손을 쥐어짜고 울부짖으며 애원했단다.

"오, 주님이시여, 제 딸, 어여쁘고 선량하고 어린 제 딸이 죽었습니다! 오셔서 주님의 축복받은 손을 그 아이에게 얹어 주시면, 그 아이가 되살아나 다시 한 번 생명을 누리고 저와 그 아이의 어미가 행복해질 것입니다. 오, 주님, 저희는 그 아이를 정말로 사랑합니다. 정말로 사랑합니다! 그런 아이가 죽었습니다!"

예수 그리스도는 그의 집으로 갔지. 제자들도 함께 동행했어. 가련한 어린 소녀가 누워 있는 방에서 친구들과 이웃들이 울고 있었고, 조용한 음악이 흐르고 있었지. 그 당시에는 사람이 죽으면 그 음악을 연주했단다. 예수 그리스도께서는 아이를 보시고 안타까운 마음에 소녀의 부모를 위로하며 말씀하셨어.

"아이는 죽지 않았다. 잠을 자고 있을 뿐이니."

그러고 나서 예수께서는 방 안에 있는 사람들을 내보내고 죽은 소녀에게 다가가 손을 잡았지. 그러자 소녀는 아주 건강한 모습으로 일어났단다. 마치 잠을 자고 일어난 것처럼. 아, 부모가 딸을 품속에 끌어안고 키스를 퍼부으며 너무나도 커다란 자비를 베풀어 주신 하나님과 하나님의 아들 예수 그리스도께 감사의 인사를 드리는 광경이 참으로 근사했을 것 같구나!

예수 그리스도께서는 언제나 자비롭고 다정하셨단다. 예수께서 이렇게 선행을 베푸시고, 사람들에게 하나님을 사랑하고 죽은 후에 천국에 가는 법을 가르쳐 주셨기에 다들 그분을 '우리의 구세주'라 불렀어.

제 4 장

'우리의 구세주'가 기적을 행하시던 그 나라에는 바리새인이라고 불리는 사람들이 있었단다. 자존심이 무척 세고 자기들만이 최고라고 생각하는 자들이었지. 그런데 그들은 모두가 예수를 두려워했어. 왜냐하면 예수께서 바리새인들보다 더 잘 가르치셨거든. 그리고 유대인들도 마찬가지였단다. 그 나라의 주민 대부분이 유대인이었지.

우리 구세주께서 어느 일요일(유대인들은 당시도 그렇고 지금도 그렇고 일요일을 '안식일'로 부른단다)에 제자들과 함께 들판을 거니시다가 그곳에서 자라고 있는 옥수수 열매를 땄단다. 먹으려고 말이야. 바리새인들은 이것을 잘못된 행동이라고 지적했어. 그리고 구세주께서 교회(그들은 교회를 '유대 회

당'이라 불렸지)에 들어가, 손이 다 비뚤어진 사람을 가엾게 바라보셨지. 그러자 바리새인들은 또 말했단다.

"안식일에 사람을 고치는 것은 옳은 일입니까?"

그러자 우리의 구세주는 이렇게 대답하셨단다.

"너희 가운데 어떤 사람에게 양이 한 마리 있는데, 그 양이 안식일에 구덩이에 빠졌다고 하자. 그러면 그것을 잡아 끌어내지 않겠느냐? 사람이 양보다 얼마나 더 귀하느냐?"

그러고 나서 예수께서는 그 가련한 사람에게 말씀하셨단다.

"그대의 손을 뻗어라."

그러자 그 손은 즉시 나아 다른 사람의 손처럼 쓸모 있는 손이 되었지. 그런 다음 예수께서는 그들에게 말씀하셨단다.

"어느 날이든 좋은 일은 해도 된다."

이런 일이 있은 후에 예수님은 나인이라는 도시로 들어가셨는데, 이때 많은 사람이 그 뒤를 따랐단다. 특히 병든 친척과 친구와 아이가 있는 사람들이 말이야. 그들은 병자들을 데리고 예수께서 지나는 길거리와 도로로 나와 만져 달라 울부짖었고, 예수께서 그리하시자 병자들이 나았지. 그렇게 군중에게 둘러싸여 계속 길을 걷던 중, 예수께서 도시의 성문 근처에서 열리는 장례식을 보셨어. 어느 청년의 장례식이었는데, 그 청년은 상여에 실려 있었단다. 상여란 뚜껑이 없는 관으로, 당시 그 나라에는 시신을 상여에 매고 운반하는 관습이 있었는데, 현재 이탈리아의 많은 곳에서도 이러한 관습을 따르지. 불쌍한 청년의 어머니는 상여를 따라가며 구슬프게 울었단다. 외아들이었거든.

우리의 구세주는 그토록 슬퍼하는 어머니를 보시고 너무나 가슴이 아파서 말씀하셨어. "울지 말라!" 그런 다음 상여를 짊어진 사람들이 멈춰 서자, 그리로 다가가 손을 그 청년의 몸 위에 올려놓고 말씀하셨단다. "젊은이여! 일어나라." 그러자 구세주의 목소리에 죽은 청년이 되살아나더니, 자리에서 일어나 말을 하기 시작한 거야. 아, 둘이 얼마나 기뻤겠니! 예수 그리스도는 어머니와 그 청년을 뒤로하고 길을 계속 가셨지.

이때쯤 모여든 군중이 너무나도 많아지니까 예수 그리스도께서는 물가로 내려가 배를 타고 더 한적한 곳으로 향하셨어. 배 안에서 예수께서 잠드셨고, 제자들은 갑판에 앉아 있었지. 예수께서 잠든 사이에 격렬한 풍랑이 밀어닥쳐 파도가 배를 덮쳤고, 바람이 얼마나 격렬하게 배를 뒤흔들던지 금방이라도 가라앉을 것 같았지. 겁에 질린 제자들은 우리의 구세주를 깨웠어.

"주님! 저희를 구해 주소서. 이러다 죽겠습니다!"

예수께서 일어나 팔을 들어 올리며 몰아치는 바다와 윙윙대는 바람을 향해 외치셨단다.

"고요하라! 잠잠하라!"

그러자 즉시 폭풍이 가라앉으며 날씨가 맑아졌고, 배는 잔잔한 물살을 헤치며 나아갔지.

예수님 일행이 물가 건너편에 도달했고, 도시 외곽의 황량하고 외진 공동묘지를 지나가게 되었단다. 당시 공동묘지는 전부 도시 외곽에 있었어. 이곳에는 무덤들 사이에 사는 무시무시한 미치광이가 있었는데, 밤낮으로 울부짖는 바람에 그 소리를 들은 여행객들은 두려움에 떨었지.

사람들이 미치광이를 사슬로 묶으려 했지만, 그자는 사슬도 끊어 버렸어. 아주 힘이 센 남자였거든. 미치광이는 날카로운 돌 위에 몸을 내던지며 끔찍하게 자신의 몸을 해했단다. 그러는 내내 울부짖었지. 이 비참한 남자가 멀리서 예수 그리스도를 보고는 외쳤어.

"주님의 아들이다! 아, 주님의 아들이시여, 저를 괴롭히지 마소서!"

예수께서는 그자에게 가까이 다가갔고, 그자에게 마귀가 들린 것을 아시고는, 그 마귀를 남자에게서 몰아내어 근처에서 여물을 먹고 있던 돼지 떼 속으로 들어가게 하셨단다. 그러자 그 돼지 떼는 비탈길을 곧장 달려가 바다로 뛰어들었지.

당시의 헤롯, 그러니까 무고한 아기들을 살해한 잔인한 왕의 아들인 헤롯이 그곳을 다스리고 있었고, 예수 그리스도께서 행한 기적들에 대한 소식을 들었단다. 장님의 눈을 뜨게 하고, 귀머거리가 듣게 하고, 벙어리가 말하게 하고, 절름발이가 걷게 하고, 수많은 사람들이 예수의 뒤를 따르고 있다는 소식을 말이다. 이 소식을 들은 헤롯은 말했단다.

"이 남자는 세례자 요한의 동료이자 친구다."

너희도 기억하다시피 요한은 선한 남자로 낙타 가죽으로 만든 낡은 옷을 걸치고 석청을 먹으며 살았지. 헤롯은 요한을 잡아들였단다. 사람들에게 가르침을 전하고 설교를 했다는 죄목으로 말이다. 그러고는 요한을 궁궐 안의 감옥에 가뒀지.

요한이 갇혀 있는 동안 헤롯의 생일이 되었어. 헤롯 왕과 헤로디아 왕비의 딸*은 춤을 아주 잘 췄는데, 아버지의 생일 잔치에서 춤을 췄지. 아버지는 마음이 무척 기뻐서 딸에게 원하는 것은 무엇이든 들어주겠다고 약속했단다. 그런데 딸이 이렇게 말한 거야.

"그렇다면 아버지, 세례자 요한의 머리를 접시에 담아서 제게 주세요."

그건 어머니인 헤로디아 왕비의 음모였어. 헤로디아는 요한을 증오했고, 사악하고 잔인한 여자였거든.

왕은 자신이 한 약속을 후회했단다. 세례자 요한을 잡아들이긴 했지만 그를 죽일 생각은 없었거든. 하지만 이미 약속을 했으니 딸의 요구를 들어줘야 했단다. 군사들을 감옥으로 내려보내 세례자 요한의 머리를 잘라 공주에게 갖다 주라고 명령했지. 군사들이 왕의 명령에 따라 공주에게 접시에 담은 세례자 요한의 머리를 가져다주었단다. 이 참담한 소식을 전해 들은 예수님은 제자들과 함께 그 도시를 떠났단다(그리고 나중에 제자들과 함께 밤중에 몰래 요한의 시신을 묻어 주었지).

---

*디킨스의 원고에는 '헤롯의 딸인 헤로디아'로 쓰여 있다. 출간을 염두에 두지 않은 초안이었기에 바로잡지 않은 듯한데, 여기서는 사실 관계를 바로잡아 고쳐썼다.

제 5 장

어느 바리새인이 우리의 구세주께 자신의 집으로 가 함께 식사를 하자고 애원했단다. 우리의 구세주께서 식탁에 앉아 식사하시는 동안, 그 도시에 사는 한 여자가 몰래 그 방에 숨어들었어. 그녀는 사악하고 죄 많은 삶을 살아서 주님의 아들을 보기가 부끄러웠지. 그렇지만 예수 그리스도의 선하심과, 잘못을 저지르고 깊이 뉘우치는 죄인 모두를 가엾게 여기시는 마음을 굳게 믿고 있었어, 조금씩 조금씩 예수께서 앉으신 자리 뒤로 다가가 예수님의 발치에 엎드려 두 발을 회개의 눈물로 적신 다음, 두 발에 입을 맞추고 자신의 긴 머리카락으로 두 발을 닦고, 상자에 넣어 가져온 달콤한 향기가 나는 연고를 발라 드렸단다. 그 여인의 이름은 마리아 막달레나였어.

바리새인은 예수님이 이 여자를 가만히 내버려두는 것을 보고, 속으로 예수가 이 여자가 얼마나 사악한지 모르는 모양이라고 생각했지. 그런데 예수 그리스도께서 이 바리새인의 생각을 알고 이렇게 말씀하셨어.

"시몬아(이것이 바로 그 바리새인의 이름이야), 만약 한 남자에게 채무자가 두 명 있는데, 한 명은 500펜스를 빚졌고 다른 한 명은 고작 50펜스만 빚졌다고 해 보라. 남자가 둘 모두의 빚을 탕감해 준다면, 두 채무자 중 누가 그 남자를 가장 사랑할 것이라고 생각하는가?"

시몬이 대답하지.

"많은 빚을 탕감받은 사람일 것 같습니다."

예수께서는 그의 말이 옳다고 말씀하셨어.

"네 말이 옳다. 그러니 주님께서 이 여인의 많은 죄를 용서하시면, 이 여인은 주님을 사랑할 것이다. 그것도 더 많이."

그리고 예수께서 여인에게 말씀하셨단다.

"주님께서 그대를 용서하신다!"

그 자리에 있던 일행은 예수 그리스도께 죄를 사할 힘이 있는지 의아했지만, 주님께서는 예수께 그러한 힘을 주셨단다.

그리고 그 여인은 예수께서 내려 주신 자비에 감사하며 자리를 떠났지.

자, 여기서 우리는 이러한 교훈을 배운단다. 우리는 우리에게 그 어떤 잘못을 저지른 사람이라도, 그들이 우리에게 와 진심으로 뉘우치며 사죄한다면 반드시 그를 용서해야 해. 또한 만약 그들이 와서 사죄하지 않더라도, 우리는 그들을 용서해야 해. 절대 그들을 증오하거나 그들에게 매정하게 굴면 안 된단다. 그래야 주님께서도 우리를 용서해 주실 거라는 희망을 품고 살 수 있잖니.

그 후에 유대인의 커다란 축제가 열려서 예수 그리스도께서는 예루살렘으로 가셨어. 양 시장 근처에 다섯 개의 문이 있는 베데스다라는 물웅덩이 혹은 연못이 있었지. 축제가 열리는 그해에는 수많은 병자와 절름발이가 베데스다로 들어가서 목욕을 했단다. 천사가 내려와 그 물을 휘젓는데, 천사가 물을 휘저은 다음 처음으로 그 물에 들어가면 어떤 질병도 다 치유된다고 믿었기 때문이지. 이 불쌍한 사람들 중에 38년 동안 아파 몸져누웠던 남자가 있었단다. 예수께서는 도와주는 사람 하나 없이 들것에 홀로 누워 있는 그를 보고 가엾게 여기셨지. 그는 예수 그리스도께 몸이 너무 아프고 약해 연못 가까지 갈 수가 없어 연못에 몸을 담그질 못했다고 말했단다. 우리의 구세주께서 그에게 말씀하셨어.

"그대의 들것을 들고 걸어라."

그랬더니 그 남자가 아주 멀쩡하게 자리에서 일어나 걸어 갔단다.

많은 유대인이 이 모습을 보았지. 그리고 예수님을 한층 더 미워하게 되었어. 많은 사람이 예수께 가르침을 받고 치료를 받았으니, 예수의 기적이 사실이 아니며 그들을 현혹시킬 뿐이라는 유대교 사제의 말을 믿지 않을 게 뻔하잖아. 그래서 유대인들은 예수 그리스도를 죽여야 한다고 쑥덕거렸단다. 예수가 안식일에 사람을 고쳤고(이는 유대교의 법률에 어긋나는 일이었지), 스스로를 하나님의 아들이라 칭했다는 이유였어. 그리고 사람들을 선동해 예수 그리스도를 살해하려 했단다.

하지만 수많은 사람이 예수가 가는 곳마다 따라다니며 그를 경배했고, 가르침을 달라, 몸을 치료해 달라 간청했어. 그들은 예수께서 오로지 선한 일만 하신다는 것을 알았기 때문이지. 예수께서는 제자들과 함께 티베리아스라고 불리는 바다를 건너 언덕 위에 앉았고, 언덕 아래서 기다리는 수많은 불쌍한 사람을 내려다보시며 제자 빌립에게 말씀하셨단다.

"어디서 빵을 살 수 있느냐. 다들 오랜 여행을 했으니 먹고 기운을 회복해야 할 것이 아니냐?"

그러자 빌립이 대답했단다.

"주님, 200페니어치 빵으로는 이렇게 많은 사람을 다 먹일 수가 없을 것입니다."

또 다른 제자 안드레(시몬 베드로의 형제)가 말했단다.

"저희가 가진 것은 고작 다섯 개의 보리빵과 두 마리의 물고기가 전부입니다. 우리와 함께 온 소년이 가져온 것인데, 그걸로 이렇게 많은 사람을 어떻게 먹일 수 있겠습니까!"

예수 그리스도께서 말씀하셨지.

"모두 자리에 앉으라 하라!"

그렇게 했단다. 거기에는 어마어마하게 넓은 잔디밭이 있었으니까. 모두 자리에 앉자, 예수께서 빵을 집어 들고 하늘을 올려다보며 감사의 기도를 드린 다음 빵을 쪼개어 제자들에게 나누어 주셨고, 제자들은 그것을 사람들에게 건넸단다. 그리고 이 다섯 개의 작은 빵과 두 마리의 물고기로 5천 명의 남자와 여자와 어린아이들을 배불리 먹였지. 그렇게 다 먹고 나서도 남은 빵과 물고기가 열두 바구니에 가득 찰 정도였단다. 이것이 예수께서 행하신 또 다른 기적이지.

그런 다음 우리의 구세주께서는 제자들더러 배를 타고 바다를 건너가라 하시며, 사람들이 다 돌아간 후에 뒤따라가겠다고 하셨단다. 마지막 한 사람이 떠날 때까지 예수께서는 홀로 남아 기도를 드렸지. 어느덧 밤이 왔고, 제자들은 여전히 배 위에서 노를 저으며 예수께서 언제 오실까 궁금했지. 밤이 깊어지면서 바람이 불어오고 파도가 높아졌을 때, 제자들은 마치 마른 땅 위를 걷듯 물 위를 걸어오시는 주님을 보았단다. 제자들이 겁에 질려 고함을 지르자, 예수께서 말씀하셨지.

"나다. 두려워할 것 없다!"

베드로가 용기를 내어 말했단다.

"주님, 만약 주님이시거든 저에게 물 위를 걸어오라 말씀해 주십시오."

예수 그리스도께서 말씀하셨지.

"오너라!"

CHRIST WALKING ON THE SEA

by Charles François Jalabert

그러자 베드로가 주님을 향해 물 위를 걸어갔어. 하지만 성난 파도가 보이고 윙윙대는 바람 소리가 들리니 겁에 질렸고 곧장 가라앉기 시작했단다. 베드로가 물에 빠지기 직전 예수께서 베드로의 손을 잡고 배로 인도하셨지. 그런 후 바람이 즉시 가라앉았고, 제자들은 서로에게 말했지.

"진짜다! 하나님의 아들이시다!"

예수께서는 이후에도 더 많은 기적을 행하셨고, 수많은 병자들을 고쳐 주셨단다. 절름발이가 걷게 되고, 벙어리가 말하게 되고, 장님이 앞을 보게 되었어. 그리고 사흘 동안 예수님을 따라다니느라 제대로 먹지 못한 쇠약하고 굶주린 수많은 군중에게 다시 둘러싸이게 되었지. 예수께서 제자들에게서 일곱 개의 빵과 서너 마리의 생선을 받아들고, 다시 4천 명이나 되는 사람들에게 그것을 나누어 주셨단다. 모두들 배불리 먹었고, 남은 음식이 일곱 바구니에 가득 찼어.

이제 예수께서는 제자들을 여러 마을로 나누어 보내시며, 사람들을 가르치라 명하시고, 제자들에게 하나님의 이름으로 병자들을 치유할 힘을 주셨단다. 이때 제자들에게, 언젠가 예루살렘으로 돌아가 커다란 고난을 겪을 것이며 그곳에서 반드시 죽음을 맞이하게 되리라고 예언하셨어(그분은 이미 무슨 일이 일어날지 아셨던 거야). 또한 죽은 지 사흘째 되는 날 무덤에서 일어나 하늘로 올라갈 것이며, 그곳에서 하나님의 오른편에 앉아 하나님께 죄인들을 용서해 달라 간청할 것이라고 말씀하셨단다.

제 6 장

　마지막으로 빵과 물고기의 기적을 행하시고 엿새가 지나자, 예수 그리스도께서 베드로와 야고보와 요한만 데리고 높은 산으로 올라가셨어. 그곳에서 예수께서 세 명의 제자들에게 말씀을 하시는 동안, 느닷없이 주님의 얼굴이 태양처럼 빛나고, 주님이 걸친 하얀 로브가 반짝거리는 은처럼 빛나며 천사 같은 모습으로 변하셨어. 동시에 빛나는 구름 하나가 그들의 머리 위를 덮더니 그 구름 속에서 목소리가 들렸지.

　"이는 내가 사랑하는 아들, 내 마음에 드는 아들이라. 그의 말을 들어라!"

　세 명의 제자는 두려움에 떨며 땅에 무릎을 털썩 꿇고 고개를 숙였단다.

이를 우리 구세주의 '변모'라고 한다.

예수 일행이 산에서 내려와 다시 사람들 한가운데 섰을 때, 한 남자가 예수님의 발치에 무릎을 꿇으며 말했지.

"주님, 제 아들에게 자비를 베푸소서. 제 아들이 미쳐 스스로를 주체하지 못하고, 가끔은 불속에 뛰어들고 가끔은 물속에 뛰어들어 온몸이 상처와 흉터투성이입니다. 주님의 제자들 중 몇 명이 제 아들을 치유하려 하였으나, 그러하지 못하였습니다."

우리의 구세주께서 즉시 그 아이를 치유해 주셨단다. 그리고 제자들을 돌아보시며, 제자들이 그 아이를 치유하지 못한 것은 진심으로 주님을 믿지 않았기 때문이라 하셨지.

제자들이 예수님께 물었단다.

"스승님, 천국의 왕국에서 가장 위대한 사람이 누구입니까?"

예수께서는 어린아이 한 명을 불러 그 아이를 품에 안고 일어서며 대답하셨지.

"이런 어린아이다. 내 너희에게 말하니, 이 어린아이처럼 겸손한 자만이 천국에 들어갈 것이다. 이런 어린아이를 나의

THE TRANSFIGURATION *by Raphael*

이름으로 받아들이는 자는 나를 받아들이는 것이니라. 허나 어린아이를 해치는 자는, 목에 맷돌을 매달고 바다 깊숙한 곳에 던져질 것이다. 천사들은 모두 어린아이다."

우리의 구세주께서는 모든 아이를 사랑하셨단다. 그래, 그리고 전 세계를 사랑하셨지. 세상에 그분만큼 모든 사람을 진정으로 아끼고 사랑하신 분은 없었어.

베드로가 주님께 물었단다.

"주님, 제게 잘못을 저지른 사람을 몇 번이나 용서해야 합니까? 일곱 번이요?"

우리 구세주께서 답하셨단다.

"일흔 번씩 일곱 번이라도 용서하라. 몇 번이고 용서하라. 네가 다른 자들을 모두 용서해 주지 않는다면, 네가 잘못을 저질렀을 때 어찌 하나님께서 널 용서해 주시길 바랄 수 있겠느냐!"

그리고 제자들에게 한 가지 이야기를 들려주셨단다. 어느 하인이 주인에게 어마어마한 돈을 빚졌는데, 그가 돈을 갚지 못하자 주인이 매우 화가 나서 그를 노예로 팔아 버리려 했어. 그러나 이 하인이 무릎을 꿇고 간절하게 빌었고, 주인은 그를 용서해 주었지. 그 후에 이 하인이 동료 하인에게 100펜스를 빌려 주었는데, 동료가 그 돈을 갚지 못했어. 그런데 주인처럼 관대하게 용서하기는커녕 그 동료를 감옥에 보내 버린 거야. 이 소식을 들은 주인이 그 하인에게 가서 말했단다.

"아, 사악한 하인아, 나는 너를 용서했다. 그런데 왜 너는 동료 하인을 용서하지 않았느냐!"

하인이 저지른 악행에 주인은 몹시 노하였단다. 우리 구세주께서는 말씀하셨지.

"그러니 네가 타인을 용서하지 않는다면, 어찌 주님께서 너를 용서하길 바랄 수 있겠느냐!"

이는 주기도문에도 나와 있단다. '저희에게 잘못한 이를 저희가 용서하오니 저희 죄를 용서해 주옵소서.'

그리고 예수께서는 제자들에게 또 다른 이야기를 해 주셨지.

"어느 농부가 살았다. 그에게 포도밭이 있어, 아침 일찍 나가 1페니에 하루 종일 일하는 조건으로 일꾼 몇 명을 고용했다. 그리고 한참이 지나 농부는 다시 나가 같은 조건으로 더 많은 일꾼들을 고용했다. 시간이 지나 또 나갔다. 그렇게 오후가 될 때까지 서너 차례 일꾼을 더 고용했다. 날이 저물자 일꾼들은 모두 삯을 받으러 왔고, 아침부터 일한 자들은 오후 늦게부터 일을 시작한 자들과 똑같은 일당을 받는 것이 공평하지 않다며 불만을 늘어놓았다. 하지만 주인은 이렇게 말했다. '이보게, 나는 자네에게 1페니를 주기로 약속했지. 내가 다른 자에게 같은 돈을 준다고 해서 자네가 받는 돈이 줄어드는가?'"

우리 구세주께서 이 이야기를 통해 제자들에게 가르치고자 했던 것은, 평생 선한 일을 한 사람들은 죽은 후에 천국에 가게 될 것이고, 비참한 처지나 어릴 때 돌봐 줄 부모와 친구가 없어 사악한 짓을 했던 자들이라도, 뒤늦게라도 진심으로 뉘우치고 하나님께 용서를 구한다면 용서를 받아 역시 천국에 가게 될 거라는 교훈이었지. 예수께서 제자들에게 이러한 이야기들을 들려준 것은, 사람들이 이야기를 좋아하며 이야기를 통해서 주님의 말씀을 더 잘 기억할 것이기 때문이었단다. 이 이야기들을 비유(우리 구세주의 비유)라 부른단다. 너희가 그 말을 잘 기억해 두면 좋겠구나. 곧 너희에게 이야기해 줄 이러한 비유들이 몇 개 더 있으니 말이다.

사람들은 우리 구세주의 말씀에 귀를 기울였지만, 그중에는 그 말씀에 동의하지 않는 자들도 몇 명 있었어. 바리새인과 유대인은 주님에 대해 험담했고, 그중 몇 명은 주님을 해하거나 살해할 생각까지 했지. 하지만 두려운 마음에 차마 주님을 해치지 못했단다. 주님이 한없이 선하시고 그 모습이 너무나도 거룩하고 위대해서(가난한 자들처럼 아주 검소한 옷차림이었는데도 말이야) 차마 주님의 눈을 마주 보지도 못했어.

어느 날 아침, 주님께서 올리브 산이라는 곳에 앉아 가르침을 전하고, 사람들이 주님 곁에 모여 귀를 기울이며 열심히 배우고 있는데 시끌벅적한 소리가 났단다. 바리새인들과 율법학자들이 고함을 지르며 우르르 몰려와 그 무리 안에서 죄를 지은 여인 한 명을 끌어냈지.

"선생! 이 여인을 보십시오. 법률에 따르면, 이 여인을 죽을 때까지 돌로 내리쳐야 합니다. 어떻게 생각하십니까? 어떻게 생각하십니까?"

예수께서는 시끄러운 무리를 가만히 내려다보셨어. 그들이 예수님의 입으로 법률이 잘못되었고 잔인하다는 말을 들으려

온 줄을 알고 계셨거든. 만약 예수님이 그리 말씀하시면 예수님을 죄인으로 몰아 죽이려고 말이야. 바리새인과 율법학자 무리는 그들의 얼굴을 가만히 들여다보는 예수님의 눈길에 창피하고 두려웠지만, 그래도 목소리를 높여 외쳤단다.

"어서요! 무어라 하시겠습니까? 무어라 하시겠습니까?"

예수께서 허리를 숙이더니 땅바닥의 모래에 손가락으로 무어라 쓰셨단다.

'너희 중에 죄가 없는 자가 먼저 저 여인에게 돌을 던져라.'

바리새인들과 율법학자들은 서로의 어깨 너머로 땅에 적힌 글귀를 읽었고, 주님께서 다시 그 글을 반복해 쓰시자 한 명씩 부끄러워하며 자리를 떠났단다. 결국 그곳에 시끄러운 무리는 단 한 명도 남지 않았어. 예수 그리스도와 양손으로 얼굴을 가린 그 여인만이 남았지.

그러자 예수 그리스도께서 말씀하셨어.

"여인아, 그대를 비난하던 자들은 어디에 있느냐? 그대를 비난하는 이가 아무도 없느냐?"

여인은 몸을 떨며 대답했지.

"네, 주님!"

그러자 우리 구세주께서는 이렇게 말씀하셨단다.

"나 역시 그대를 비난하지 않는다. 가거라! 그리고 더 이상은 죄를 짓지 말거라!"

제 7 장

우리 구세주께서 앉아 사람들을 가르치고 그들의 질문에 답하고 있을 때, 어떤 법률가가 자리에서 일어서서 물었단다.

"스승님, 제가 죽은 후에 다시 행복하게 살려면 어찌 해야 합니까?"

예수께서 말씀하셨어.

"십계명 중에 첫 번째는 우리 하나님은 하나뿐이라는 것이다. 따라서 너는 온 마음과 온 힘을 다해 '너의 하나님'을 사랑하라. 그리고 두 번째 계명도 첫 번째만큼이나 중요하다. 이웃을 네 몸처럼 사랑하라. 이 둘보다 더 중요한 계명은 없느니라."

그러자 법률가가 물었단다.

"그런데 제 이웃이 누구입니까? 말씀해 주십시오."

예수께서는 이런 비유로 대답하셨지.

"예루살렘에서 여리고라는 도시로 가는 여행자가 있었다. 그런데 그만 강도떼를 만났고, 강도들은 여행자가 가진 것을 모조리 빼앗고 마구 두들겨 때려 반쯤 죽여 놓고 가 버렸다. 어느 사제가 우연히 그 길을 지나다가 길에 누운 그 불쌍한 남자를 보았지만 멀찍이 피해서 지나쳤다. 또 어느 레위 사람이 역시 그 길을 지나갔지만, 그는 남자를 잠시 쳐다보았을 뿐 역시 그냥 지나쳐 갔다. 하지만 그 길을 따라 여행하던 어느 사마리아인은 그 남자를 보고 가엾게 여겨 그의 상처에 기름과 포도주를 부어 주고, 자신이 타고 온 짐승에 그를 태워 여관으로 데려갔다. 다음 날 아침, 그 사마리아인은 주머니에서 2펜스를 꺼내어 여인숙 주인에게 주며 이렇게 말했다. '이 사람을 잘 보살펴 주시오. 비용이 더 들면 돌아오는 길에 다시 들러 갚겠소.' 자, 이제 이 세 남자 중 강도떼를 만나 쓰러진 남자의 이웃이 되어 준 사람은 누구였다고 생각하는가?"

법률가는 이렇게 대답했지.

"그에게 연민을 보여 준 남자입니다."

구세주께서 이에 말씀하셨지.

"그렇다. 너도 그렇게 하라! 모든 인간을 연민하라. 모든 인간이 네 이웃이자 형제이니라."

그리고 예수께서는 또 다른 비유를 말씀하셨는데, 그 의미는 우리는 절대 하나님 앞에서 자만하거나 우리 자신을 아주 높이 평가해서는 안 되며, 언제나 겸손해야 한다는 것이란다. 예수께서는 이렇게 말씀하셨지.

"축제나 결혼 잔치에 초대를 받아 갈 때면, 가장 좋은 자리에 앉지 말라. 더 훌륭한 사람, 그 자리에 앉을 자격이 있는 사람이 올 수 있다. 그 대신 가장 낮은 자리에 앉아라. 네가 자격이 있다면 집주인이 네게 더 나은 자리를 내줄 것이다. 자신을 높이는 자는 낮아지고, 자신을 낮추는 자는 높아질 것이다."

또한 예수께서는 이런 비유도 드셨단다.

"한 남자가 큰 잔치를 준비해 많은 사람을 초대했고, 잔칫상이 준비되자 하인을 보내 손님들을 불러오라 했다. 하인이 찾아가자, 초청을 받은 손님들은 하나같이 못 간다는 핑계를 대었다. 한 명은 땅 한 뙈기를 사서 그 땅을 보러 가야 한다고 했다. 또 한 명은 황소 다섯 쌍을 사서 그 소들을 부려 봐야 한다고 했다. 또 한 명은 막 장가를 들어 갈 수가 없다고 했다. 이 말을 전해 들은 집주인은 화가 나, 그 하인에게 골목과 대로, 산울타리 사이를 누비며 가난한 자, 절름발이, 불구자, 장님들을 잔칫상에 초대하라고 지시했다."

우리 구세주께서 이러한 비유를 말씀한 뜻은, 하나님을 생각하고 선한 일을 하는 것보다 자신의 이익과 쾌락만을 쫓느라 바쁜 사람들은 병자와 비참한 사람들처럼 호의를 받을 수 없다는 뜻이란다.

우리 구세주께서 여리고에 들어서다가, 사람들 머리 위로 솟아오른 나무 위에서 예수를 내려다보고 있는 남자를 발견하셨단다. 그 남자의 이름은 삭개오로 별 볼 일 없는 남자이자 죄인이었지만, 예수 그리스도께서는 그를 부르시며 그날 그의 집에 가 함께 식사하겠다고 말씀하셨지. 오만한 사람들, 그러니까 바리새인들과 율법학자들은 이 말을 듣고 쑥덕거렸단다. "죄인들과 식사를 하다니." 예수께서는 이들에게 이런 비유를 말씀하셨지. 이건 '탕자(蕩子)의 비유'라고 한단다.

"한 남자가 있었다. 그에게 아들이 둘 있었는데, 하루는 둘째 아들이 이렇게 말했다. '아버지, 지금 제게 제 몫의 유산을 주시고, 그 돈을 제 마음대로 쓰게 해 주시겠습니까?' 아버지는 요청을 수락했고, 둘째 아들은 그 돈을 들고 먼 나라로 여행을 떠나 방탕하게 살며 금세 그 돈을 다 써 버렸다.

둘째 아들이 돈을 다 써 버렸을 때, 그 나라 전역에 어마어마한 기근이 들어 빵 한 조각 없었고, 한때 옥수수며 잔디며 온갖 작물들이 자라던 땅은 전부 바짝 말라 버렸다. 탕자는 굶주림에 시달린 나머지 들판에서 돼지 여물을 주는 일꾼으로 들어갔다. 그리고 돼지 여물로 주는 거친 곡식 겉껍질이라도 먹을 수 있다면 기쁘겠다고 생각했지만, 주인은 그에게 이마저도 주지 않았다. 실의에 빠진 그는 중얼거렸다. '우리 아버지의 집에서는 하인들에게 먹고도 남을 정도로 넉넉한 빵을 주는데, 나는 여기서 굶주리고 있구나! 내 아버지에게 가서 말씀을 드리리라. 아버지! 제가 하늘에게, 아버지에게 죄를 지었으니, 나는 아버지의 아들이라 불릴 자격도 없습니다!'

마침내 둘째 아들은 커다란 고통과 슬픔과 역경에 시달리며 다시 아버지의 집으로 돌아갔다. 아버지는 멀리서 아들의 모습을 보았고, 누더기를 걸친 처참한 모습의 아들에게 달려가 흐느껴 울며 목을 끌어안고 입을 맞추었다. 그리고 하인들에게 참회하는 아들에게 제일 좋은 옷을 입히고, 아들의 귀환을 축하하는 큰 잔치를 열라고 명령했다. 잔치가 벌어지고 모두들 즐거워했다.

하지만 들판에 나가 있느라 동생이 돌아온 사실을 알지 못했던 큰아들은 집에 돌아와 음악소리와 춤추는 소리를 듣고 하인을 불러 무슨 일이냐고 물었다. 하인은 동생이 집에 돌아왔으며, 아버지께서 아들이 돌아와서 기뻐하고 계시다고 대답했다. 그러자 큰아들은 화가 나 집으로 들어가려 하지 않았다. 아버지가 이 소식을 듣고 나와 큰아들을 달래려 했다.

큰아들은 말하였다. '아버지, 제게 너무하시는 것 아닙니까. 저는 여태껏 아버지 곁에 남아 아버지를 진심으로 섬겼지만, 제게는 단 한 번도 잔치를 베풀어 주지 않으셨습니다. 그런데 방탕하고 나쁜 짓으로 돈을 다 써 버린 동생이 돌아왔다고, 이렇게 기뻐하시며 잔치를 벌이시다니요!' 아버지는 이렇게 말했다. '아들아, 너는 언제나 내 곁에 있었고, 내가 가진 모든 것이 네 것이다. 하지만 죽은 줄 알았던 네 동생이 살아 돌아왔다. 잃어버렸던 네 동생을 되찾았다. 그러니 고향으로 돌아온 네 동생을 위해 기뻐하는 건 당연한 일이 아니겠느냐.'"

우리 구세주께서 이 비유로 가르치려 했던 것은, 잘못을 저지르고 하나님을 잊었던 사람이라도 진심으로 자신이 지은 죄를 뉘우치며 돌아오기만 한다면, 언제든 하나님께서 반갑게 맞아주시고 자비를 베풀어 주실 거라는 뜻이란다.

바리새인들은 이 가르침을 비웃었지. 그들은 부유하고 탐욕스러우며 자신들이 그 누구보다도 우월하다고 생각했거든. 그리스도께서는 그들에게 경고하는 뜻으로 '부자와 나사로'라는 비유를 말씀하셨지.

"한 부자가 살았는데 보라색의 값진 아마포 옷을 입고 매일같이 사치스러운 생활을 했다. 나사로라는 한 거지가 온몸에 상처를 입은 채 남은 음식 부스러기라도 얻어먹을까 싶어 그 부자의 집 문 앞에 누워 있었다. 더구나 개 떼가 몰려와 그 거지의 상처를 핥았다.

마침내 그 거지가 죽어 천사들이 그를 아브라함의 품으로 데려갔다. 아브라함은 그보다 훨씬 오래전에 지상에 살았던 아주 선량한 남자로 그때는 천국에 있었다. 부자 또한 죽어 땅에 묻혔다. 그리고 그 부자는 지옥에서 괴로움에 시달리며 고개를 들었는데, 저 멀리서 아브라함과 나사로가 보였다. 그러자 부자는 울부짖었다. '아브라함이여, 자비를 베푸소서. 나사로를 내려 보내시어 손가락 끝에 물을 찍어 제 혀를 축이게 하옵소서. 저는 이 불꽃 속에서 고통받고 있습니다.' 하지만 아브라함은 이렇게 말했다. '아들아, 살아생전 너는 좋은 것만을 누렸으나, 나사로는 끔찍한 고통에만 시달리지 않았느냐. 하지만 이제 나사로는 안락한 삶을 누리고 그대는 고통을 겪고 있는 것이다!'"

그리스도께서는 자신만 옳은 줄 아는 오만한 바리새인들에게 또 다른 비유도 들려주셨지. 두 남자가 신전에 가 기도를 드린 비유란다. 한 명은 바리새인이었고 다른 한 명은 세리(稅吏)였지. 바리새인은 이렇게 기도했어.

"하나님, 감사합니다. 저는 다른 인간처럼 불의하지 않고, 이 세리처럼 사악하지 않습니다!"

세리는 멀찍이 떨어져 서서 감히 눈을 들어 하늘을 쳐다보지 못하고 가슴을 치며 이렇게만 말했단다.

"하나님, 죄 많은 저에게 자비를 베푸소서!"

우리 구세주께서 말씀하시기를, 하나님께서는 세리의 기도에 더 기뻐하시며 그에게 자비를 베푸셨단다. 겸손하고 자신을 낮추었기 때문이지.

이러한 가르침을 받은 바리새인들은 너무나 화가 나서 은밀히 첩자를 몇 명 고용해서 우리 구세주께 질문을 던져 법률에 반하는 말을 하도록 함정에 몰아넣으라고 지시했단다. 그 나라의 황제는 카이사르라 불리는 남자였는데, 사람들에게 정기적으로 세금을 걷으며 세금 징수에 반대하는 사람들을 잔인하게 탄압했지. 첩자들은 우리 구세주를 꼬드겨 세금이 부당하다고 말하도록 만든다면, 황제가 구세주를 처단하리라 여겼지. 그래서 그들은 아주 겸손한 척하며 주님에게 다가가 이렇게 물었어.

"선생님, 당신은 하나님의 말씀이 옳다고 가르치시며, 많은 부나 높은 지위를 가졌다는 이유로는 누군가를 존경하지 않으십니다. 저희에게 가르쳐 주십시오. 저희가 카이사르에게 세금을 바치는 것이 율법상 옳은 일입니까?"

그리스도께서는 그들의 속셈을 아시고 이렇게 대답하셨지.

"그것을 왜 묻느냐? 내게 1페니를 보여 달라."

그렇게 했단다.

"이 동전 위에 누구의 얼굴, 누구의 이름이 새겨져 있느냐?"

그들은 대답했지.

"카이사르입니다."

그러자 주님께서 말씀하셨단다.

"그렇다면 카이사르의 것은 카이사르에게 주어라."

주님을 함정에 넣지 못해 매우 화가 나고 실망한 그들은 자리를 떠났단다. 하지만 우리 구세주께서는 그들의 마음과 생각을 다 알고 계셨을 뿐만 아니라, 다른 사람들이 주님을 모함할 음모를 꾸미고 있으며 곧 자신이 죽음을 맞게 될 줄도 알고 계셨단다.

하루는 예수 그리스도께서 사람들에게 가르침을 전하시며, 모금함 근처에 앉으셨지. 길을 걸어가는 사람들이 가난한 자들을 위한 이 모금함에 돈을 넣곤 했단다. 예수께서 그곳에 앉아 계시는 동안 지나가던 수많은 부자가 어마어마한 돈을 그 상자 안에 넣었어. 마침내 가난한 과부 한 명이 오더니 한 푼의 값어치도 없는 동전 두 닢을 상자에 넣고 재빨리 자리를 떠났단다. 예수께서는 이 가난한 과부를 보시고는 자리에서 일어나시며 제자들을 불러 모아, 저 가난한 과부가 낸 돈이 그날 하루 종일 모인 나머지 돈 전부보다 훨씬 값지다고 말씀하셨단다. 다른 사람들은 전부 부자였기에 그 상자에 넣은 돈이 없어도 아쉽지 않았으나, 그 과부는 매우 가난한 사람이었고 상자에 넣은 동전 두 닢으로 자신이 먹을 빵을 살 수도 있었을 테니 말이다.

우리가 자선을 베풀 때면 이 가난한 과부의 행동을 꼭 기억하도록 하자꾸나.

제 8 장

베다니의 나사로라는 남자가 큰 병에 걸렸지. 그 남자는 그리스도에게 향유를 발라 주고 머리카락으로 그의 발을 닦아 준 마리아의 오빠였기 때문에 슬픔에 잠긴 마리아와 언니 마르타는 예수께 말을 전했어. 주님, 당신이 사랑하는 나사로가 병에 걸려 죽을 것 같습니다.

예수께서는 이 전언을 받고도 나사로에게 가지 않고 그대로 계셨단다. 그러다가 며칠이 지나서야 제자들에게 이렇게 말씀하셨지.

"나사로가 죽었다. 베다니로 가자."

예수 일행이 그곳에 도착하자(베다니는 예루살렘에서 아주 가까운 동네였거든) 과연 나사로는 죽은 지 나흘이 되어 땅에 묻혀 있었단다.

마르타는 예수께서 오셨다는 말을 듣고, 불쌍한 오빠의 죽음을 위로하러 온 사람들 가운데서 일어나 달려 나가 예수를 맞이했지. 여동생 마리아는 집 안에서 흐느껴 울고 있었고. 마르타는 주님을 보고 눈물을 터뜨렸단다.

"아, 주님. 주님께서 오셨더라면 제 오빠는 죽지 않았을 것입니다."

우리 구세주께서 대답하셨지.

"그대의 오라비는 다시 살아날 것이다."

마르타는 이렇게 말했단다.

"주님, 마지막 날에 제 오빠가 부활하리라는 것을 알고 부활하리라 믿습니다."

예수께서 마르타에게 물으셨지.

"나는 부활이요, 생명이다. 이것을 믿느냐?"

"예, 주님."

마르타는 이렇게 대답하고는 집 안으로 뛰어 들어가 여동생 마리아에게 그리스도께서 오셨다고 알렸어. 마리아는 이 소식을 듣고 집 밖으로 뛰어나왔고, 집 안에서 함께 애도하던 사람들도 다 따라 나왔지. 마리아는 예수님 발치에 엎드려 흐느껴 울었고, 다른 모두도 그렇게 했단다. 주님께서는 그들의 슬픔을 아주 안타깝게 여기시며 같이 흐느껴 우셨어.

"나사로를 어디에 눕혔느냐?"

그들이 말했지.

"주님, 이리 와서 보십시오!"

나사로는 동굴 안에 묻혀 있었고, 무덤 위에는 큰 돌이 얹혀 있었지. 모두가 동굴 안으로 들어갔을 때, 예수는 돌을 굴려 치우도록 명하셨고, 사람들은 그 말대로 했단다. 그러자 예수께서 눈을 들어 하나님께 감사의 기도를 올리시고는 우렁차고 엄숙한 목소리로 외치셨어.

"나사로야, 나오너라!"

세상에, 죽은 나사로가 다시 살아나 사람들 사이로 나왔어! 그리고 누이들과 함께 집으로 들어갔지. 많은 사람들은 이 놀랍고 감동적인 광경을 보고, 그리스도가 정말로 '하나님의 아들'이시며 인류를 가르치고 구원하려고 오셨다고 믿었단다.

그러나 그중 일부가 바리새인들에게 달려가 고자질을 했어. 그리고 그날부터 바리새인들은 예수를 당장 죽이기로 결

심했지. 더 이상 사람들이 예수를 믿지 못하도록 말이야. 바리새인들은 신전에 모여서, 만약 예수가 유월절* 이전에 예루살렘에 오면 그때 접근해서 체포하기로 음모를 꾸몄단다.

예수가 나사로를 죽음에서 소생시킨 것은 유월절이 되기 엿새 전이었어. 나사로를 포함한 그들이 저녁을 하려고 앉았을 때 마리아는 일어서서 향유 1파운드(매우 귀하고 값비싼 '감송'이라는 향유였어)를 예수의 발에 바르고 다시 자신의 머리카락으로 예수의 발을 닦았지. 집 안 전체에 달콤한 향이 가득 찼단다. 가룟 유다는 이것을 보고 짐짓 화를 내며, 그 향유를 300펜스에 팔아서 그 돈을 가난한 사람에게 줄 수 있지 않느냐고 항의했어. 그러나 사실은, 유다가 회계를 담당했으며(그때는 다른 사람들이 미처 몰랐지만) 도둑이었기에, 될 수 있으면 모든 돈을 다 가지려는 욕심을 품고 있었기 때문이지. 유다는 이제 예수를 대사제들**의 손에 넘길 음모를 꾸미기 시작했단다.

유월절이 가까이 다가오자 예수 그리스도께서는 제자들을

---

* 유대인들이 이집트 왕국의 노예 생활로부터 탈출한 사건을 기념하는 날

** 고대 이스라엘 유대교의 대제사장

데리고 예루살렘을 향해 길을 떠나셨어. 예수 일행이 예루살렘 가까이에 갔을 때, 예수께서 어떤 마을을 가리키며 두 제자에게 말씀하셨지. 저기에 나귀와 나귀 새끼가 나무에 매여 있을 터인데 가서 가져오라고 말이야. 과연 제자들은 예수가 말한 대로 이 동물들을 발견해서 가져왔고, 예수께서는 그 나귀를 타고 예루살렘에 들어가셨지. 예수께서 예루살렘 성내로 들어가자 어마어마하게 많은 사람이 주위에 모여들었단다. 사람들은 입고 있던 옷가지들과 나무의 푸른 가지들을 잘라 주님께서 가시는 길에 던지며 외쳤어.

"다윗(예루살렘의 위대한 '왕'이었단다)의 아들에게 영광이 있을지어다!"

"주님의 이름으로 오신 그분은 나사렛의 예언자이신 예수이시다!"

예수께서는 성전으로 들어가서, 그곳에서 비둘기를 파는 사람들과 불법적으로 거래를 하던 환전 상인들의 탁자를 던져 버리며 말씀하셨단다.

"내 아버지의 집은 기도하는 집인데 너희는 이곳을 도둑의 소굴로 만들었구나."

사람들과 아이들은 성전에서 외쳤어.

"이분이 나사렛의 예언자이신 예수이시다!"

그리고 눈먼 자와 절름발이가 떼를 지어 와서 예수께서 이들을 고쳐 주시자, 대사제들과 율법학자들과 바리새인들은 예수에 대한 두려움과 증오로 부들부들 떨었단다. 그러나 예수께서는 계속해서 병자를 고치시며 선한 일을 하시고는, 예루살렘에서 멀지 않은 베다니에 가서 묵으셨지. 베다니는 예루살렘에서 아주 가깝지만 성벽 밖에 있는 마을이었어.

그러던 어느 날 밤, 예수께서 제자들과 함께 저녁 식사를 하던 도중에 일어나시더니 헝겊 조각과 물이 담긴 대야를 가져와 제자들의 발을 닦아 주셨단다. 시몬 베드로는 어찌 주님께서 제자의 발을 닦아 주시냐며 말렸지. 그러나 우리 구세주께서 말씀하시길, 제자들이 이것을 기억하고 항상 서로에게 친절을 베풀고 자만심과 악의를 품지 않길 바란다고 하셨단다.

그리고 나서 예수께서는 슬픔에 젖어 제자들을 둘러보셨지.

"여기서 나를 배신할 사람이 있다."

제자들이 차례로 외쳐 물었어.

CHRIST WASHING ST. PETER'S FEET
by Ford Madox Brown

"주님, 그 사람이 저입니까?"

"주님, 그 사람이 저입니까?"

그러나 예수께서는 이렇게만 대답하셨단다.

"그자는 나와 함께 식사를 하는 열두 명 중 한 명이다."

그 순간 우연히 제자 요한이 주님의 가슴에 기대어 있었는데, 시몬 베드로가 그에게 충실하지 못한 사람의 이름을 물어보라고 부추겼단다. 예수께서 말씀하셨어.

"내가 빵을 수프에 담갔다가 건네주는 이가 바로 그 사람이다."

그리고 예수께서는 빵을 수프 접시에 담갔다가 그것을 가룟 유다에게 주시며 말씀하셨지.

"네가 하려는 일을 빨리 하여라."

다른 제자들은 이 말을 이해하지 못했으나, 유다만은 그리스도께서 자신의 나쁜 마음을 간파하신 줄을 깨달았어.

그래서 유다는 빵을 먹은 즉시 밖으로 나갔지. 밤이었고, 유다는 곧장 대사제들에게 가서 물었어.

"내가 그를 당신들에게 넘겨주면 나에게 무엇을 주시겠습니까?"

그들은 은 30냥을 주겠다고 했단다. 유다는 이 돈을 받고, 주님이자 스승님인 예수 그리스도를 그들의 손에 넘길 궁리를 하기 시작했어.

제 9 장

유월절이 거의 다가오자 예수께서는 두 제자인 베드로와
요한에게 말씀하셨단다.

"예루살렘에 가라. 거기서 물병을 든 남자를 만날 것이다.
그를 따라 그의 집에 가라. 그리고 손님방이 어디에 있으며
내가 제자들과 유월절을 보낼 만한 곳이 어디인지 물어보라.
그러면 그는 너희에게 2층에 있는 커다란 방을 보여 줄 것이
다. 거기서 저녁 식사를 준비하라."

두 제자가 가 보니 예수께서 말씀하신 대로였지. 두 제자는
물병을 든 남자를 만나 그의 집까지 따라가 저녁 식사를 준비
했어. 그리고 때맞춰 예수님과 다른 제자 열 명까지 도착해서,
모두 함께 식사 자리에 둘러앉았단다.

예수 그리스도께서 제자들과 함께 식사를 한 것은 이것이 마지막이었기 때문에, 이 식사를 '최후의 만찬'이라 부른단다. 예수 그리스도께서는 식탁에서 빵을 집으시고, 감사의 기도를 드린 다음 제자들에게 주셨어. 그리고 포도주 잔을 들고 감사의 기도를 드리시고, 그것을 마신 다음 제자들에게 주시며 말씀하셨어.

"이것으로 나를 기억하라!"

예수님 일행은 저녁 식사를 마치자, 찬송가를 부르고 나서 올리브 산으로 올라갔지.

올리브 산에서 예수께서 제자들에게 자신이 그날 밤 붙잡힐 것이며, 제자들은 예수님을 버리고 자신들의 안전만 생각할 것이라고 알려주셨단다. 베드로는 절대 그러지 않을 것이라고 열심히 말했지. 하지만 우리 구세주께서는 말씀하셨어.

"닭이 울기 전에 너는 나를 세 번 부인할 것이다."

베드로는 부인했단다.

"아닙니다, 주님. 제가 주님과 함께 죽을지언정 주님을 부인하지는 않을 것입니다."

다른 제자들도 모두 그렇게 말했어.

THE LAST SUPPER

by Leonardo da Vinci

그런 다음 예수께서는 기드론이라 부르는 작은 개울을 건너 겟세마네라는 동산에 올라 세 명의 제자와 함께 한적한 곳으로 가셨지. 그곳에서 예수께서 제자들에게 "여기서 기다려라. 그리고 지켜보아라!"라고 말씀하시곤 다른 쪽으로 가서 혼자서 기도하셨단다. 그 사이에 제자들은 지쳐 잠이 들었지.

예수께서는 겟세마네 동산에서 기도를 드리며 커다란 슬픔과 마음의 고통을 느끼셨단다. 사악한 예루살렘 사람들이 자기를 죽이려 한다는 걸 알고 계셨기 때문이지. 주님께서는 하나님 앞에서 눈물을 흘리며 깊은 고뇌에 빠지셨단다.

기도를 마치고 마음이 편안해진 예수께서는 제자들에게로 돌아가셨어.

"일어나라! 가자! 나를 배반할 자가 가까이에 있다."

한편, 유다는 겟세마네 동산을 잘 알고 있었단다. 우리 구세주께서 제자들과 함께 가끔 그곳에서 산책을 하셨거든. 우리 구세주께서 이 말을 하는 순간, 유다가 힘센 경비병과 장교들을 데리고 그곳에 나타났단다. 대사제들과 바리새인들이 보낸 자들이었어. 날이 어두웠기에 그들은 호롱불과 횃불을 들고 왔지. 또한 칼과 나무 몽둥이로 무장을 하고 있었단다. 사람들이 예수 그리스도를 보호하려고 나설지도 모른다고 생각했기 때문이야. 그래서 예수께서 앉아 사람들을 가르치시는 대낮에는 두려워서 감히 주님을 체포할 생각을 하지 못했단다.

경비병 지휘자는 예수를 본 적이 없고 얼굴을 모르기에, 유다는 그들에게 미리 일러두었어. "내가 입을 맞추는 사람이 바로 그 사람입니다." 유다가 이 사악한 입맞춤을 하려고 앞으로 나아갈 때 예수께서 병사들에게 물으셨지.

"누구를 찾고 있는가?"

그들이 대답했어.

"나사렛의 예수요."

우리 구세주께서 말씀하셨단다.

"내가 그 사람이다."

그리고 유다는 "스승님 만세!" 하고 말하며 예수께 입맞춤을 해 이 말을 확인해 주었지.

그러자 예수께서 말씀하셨어.

"유다야, 너는 입맞춤으로 나를 배반하는구나!"

경비병들이 예수를 잡으러 앞으로 달려왔지만 아무도 예수를 보호하러 나서지 않았단다. 다만 베드로가 칼을 갖고 있었기에 그것을 빼어 제사장이 보낸 병사인 말고라는 남자의 귀를 잘랐지. 하지만 예수께서는 베드로에게 칼을 집어넣으라고 하시고, 경비병들에게 순순히 자신을 맡기셨단다. 모든 제자가 예수를 버리고 도망갔지. 예수의 곁을 따라나선 사람은 단 한 명도, 단 한 명도 없었단다.

제 1 0 장

잠시 후에 베드로와 다른 제자 한 명이 용기를 내어 몰래 경비병을 따라 제사장 가야바의 집까지 갔단다. 예수님이 이 집으로 붙잡혀 가셨고, 서기관들과 다른 사람들이 주님을 심문하기 위해 모였지. 베드로는 문 앞에 서 있었지만, 다른 제자는 제사장을 알고 있었기에 집 안에 들어갔다 다시 나오며, 문 앞을 지키고 있던 여자에게 베드로도 들여보내 달라고 말했어. 그런데 그 여자가 베드로를 보고 묻는 거야.

"당신도 저 사람의 제자가 아니요?"

"아닙니다."

베드로는 부인했어. 그러자 여자가 베드로를 안으로 들여보냈지. 베드로는 마당의 모닥불 앞에 서서 하인들과 장교들

틈에서 불을 쬐며 몸을 녹였단다. 날씨가 매우 추웠거든.

그런데 이들 중 몇 명이 그 여자와 똑같이 묻는 거야.

"당신도 저 사람의 제자가 아니요?"

"아닙니다."

베드로는 다시 부인했단다.

베드로가 칼로 귀를 잘랐던 사람의 친척이 다시 물었어.

"내가 그 사람과 함께 있는 당신을 동산에서 보지 않았소?"

베드로는 절대 그렇지 않다고 부인했어.

"저는 그 남자를 알지 못합니다."

그 순간 닭이 울었지. 예수께서 고개를 돌려 베드로를 뚫어지게 쳐다보셨단다. 그러자 베드로는 주님께서 하신 말씀, 닭이 울기 전에 세 번 주님을 부인하리라던 말씀이 떠올라서 밖으로 나가 슬피 울었단다.

제사장이 주님을 심문하는 중에, 사람들에게 무엇을 가르쳤냐고도 질문했어. 예수께서는 환한 대낮에 길거리에서 가르쳤으니, 사람들이 무엇을 배웠는지는 사제들이 직접 그들에게 물어보라고 답하셨단다. 그러자 한 장교가 예수의 대답을 듣고 예수의 뺨을 때렸어. 그리고 가짜 증인 두 명이 들어

와, 예수가 하나님의 성전을 파괴한 다음 사흘 만에 다시 지을 수 있다고 말한 것을 들었다고 증언했지. 예수께서는 아무런 대답도 하지 않으셨단다. 하지만 서기관들과 사제들은 예수께서 신성 모독의 죄를 범했다며 사형에 처하기로 결정했어. 그리고 그들은 예수께 침을 뱉고 예수를 때렸지.

가룟 유다는 스승님이 정말로 유죄 판결을 받은 것을 알고, 자기가 한 일이 너무나도 두려운 나머지 은 30냥을 대사제들에게 돌려주며 말했어.

"나는 무고한 사람을 배반했습니다! 이 돈을 가질 수 없습니다!"

그러고는 바닥에 돈주머니를 던지고 뛰어나가 절망한 나머지 목을 매고 말았단다.

하지만 밧줄이 약해 시체의 무게를 이기지 못하고 끊어졌고, 시신은 땅에 떨어져 온통 멍이 들고 터져 버렸어. 얼마나 끔찍한 광경이던지! 대사제들은 은 30냥을 어떻게 할까 고민하다가 무연고자들이 묻히는 매장지, 즉 공동묘지를 샀지. 사람들은 나중에 이 공동묘지를 '피의 밭'이라고 불렀단다.

대사제들은 예수를 재판하려고 총독 본디오 빌라도의 재판

CHRIST BEFORE PILATE

by De Munkácsy

소로 보냈어. 빌라도(그는 유대인이 아니야)는 주님께 물었단다.

"네 국가, 너의 유대민족, 그리고 너의 사제들이 그대를 나에게 넘겼다. 그대는 무슨 일을 했느냐?"

주님께서 아무런 잘못을 하지 않았다는 사실을 안 빌라도는 밖으로 나가 유대인들에게 그렇게 말했단다. 그러나 유대인들은 이렇게 말했어.

"예수는 사람들에게 진실이 아닌 거짓을 가르치고 있으며, 오래전 갈릴리에서부터 그렇게 했습니다."

갈릴리에서 법을 어긴 사람을 처벌할 권리는 헤롯이 갖고 있었기 때문에 빌라도는 이렇게 말했지.

"나는 그가 죄가 없음을 알았다. 그를 헤롯에게 보내라."

그들은 주님을 헤롯에게 끌고 갔어. 헤롯은 엄격한 군인들과 무장한 사람들에게 둘러싸여 있었지. 이들은 예수를 실컷 비웃고 조롱하더니, 예수에게 좋은 옷을 입혀 다시 빌라도에게 보냈단다. 빌라도는 사제들과 사람들을 다시 불러 말했지.

"이 사람은 잘못한 것이 없다. 헤롯도 나와 같이 생각하고 있다. 그는 사형을 당할 만한 일을 하지 않았다."

하지만 사람들은 더욱 소리 높여 외쳤단다.

"그는 나쁜 짓을 했습니다! 그렇소, 그렇소! 그를 죽여야 합니다!"

빌라도는 그들이 예수 그리스도에게 맞서며 시끄럽게 소리치는 것을 듣고 마음이 괴로웠지. 빌라도의 부인도 밤새도록 이에 관한 꿈을 꾸고 재판소로 가는 남편에게 간청했단다.

"그 올바른 사람에게 아무 일 없게 해 주세요."

유월절에는 죄수들을 풀어 주는 것이 관습이었기 때문에, 빌라도는 사람들에게 예수를 놓아주도록 설득하려고 애썼지. 그러나 그들은 (아주 무지하고 성미가 급하고, 사제들에게 그리하라 말을 들었기 때문에) 이렇게 외칠 뿐이었어.

"아닙니다, 아닙니다. 그를 풀어 줄 순 없습니다. 바라바를 풀어 주시고, 이 사람은 십자가에 못 박으십시오."

바라바는 사악한 범죄자로, 감옥에 갇혀 곧 사형을 받을 사람이었단다.

사람들의 마음이 너무나도 확고한 것을 확인한 빌라도는 예수를 병사들에게 넘겨 채찍질하게 했단다. 병사들은 가시나무로 관을 만들어 예수의 머리에 씌우고, 자줏빛 옷을 입히고, 예수께 침을 뱉고, 손찌검을 했지. 그리고 예수께서 예루살렘으로 들어오셨을 때 사람들이 그분을 다윗의 아들이라 불렀던 것을 떠올리며 "유대인의 왕, 만세!"라고 외쳤단다. 병사들은 여러 가지 잔인한 방법으로 예수님을 괴롭혔어. 그러나 예수는 그것을 인내심 있게 참고 기도하셨지.

"아버지! 저들을 용서해 주소서! 저들은 자신이 하고 있는 일이 무엇인지 모르고 있습니다."

빌라도는 다시 한 번 자줏빛 옷을 입고 가시관을 쓴 예수를 사람들 앞에 데리고 나와 말했단다.

"이 사람을 보시오!"

사람들은 야만스럽게 큰 소리로 외쳤지.

"그를 십자가에 매달아라! 그를 십자가에 매달아라!"

대사제들과 장교들도 똑같이 외쳤단다. 그러자 빌라도는 그들에게 말했지.

"너희가 데려가 직접 그를 십자가에 못 박아라. 나는 그에게서 죄를 발견하지 못했다."

그러나 그들은 소리를 질렀단다.

"그는 자신을 하나님의 아들이라고 했습니다. 유대의 법률에 따라 그는 사형을 받아야 합니다. 그는 자신을 유대인의 왕이라고 했습니다. 이는 로마의 법률에도 위배됩니다. 우리에게 로마의 황제인 카이사르 외에 다른 왕은 없습니다. 만약 당신이 그를 풀어 준다면 당신은 카이사르의 편이 아닙니다. 그를 십자가에 못 박아야 합니다! 그를 십자가에 못 박아야 합니다!"

빌라도는 아무리 노력해도 그들을 설득할 수 없다는 것을 알고, 물을 가져오라 명령하고 군중 앞에서 손을 씻으며 말했단다.

"나는 이 올바른 사람이 흘리는 피와 아무런 관계가 없다."

그러고 나서 예수를 십자가에 못 박도록 그들에게 넘겨주었지. 그들은 소리를 지르며 주님에게 몰려와 (여전히 그들을 위해 하나님께 기도를 드리고 있던) 주님을 괴롭히고 모욕하며 데려갔단다.

'그를 십자가에 못 박아라.'

이 말의 뜻을 너희가 이해하도록 설명해 주어야겠구나. 당시는 아주 잔인한 시기라서, 사형 선고를 받은 사람은 땅 위에 곧게 박힌 커다란 나무 십자가 위에 산 채로 못을 박은 다음, 밤낮으로 태양과 바람에 노출시켜 고통과 갈증으로 죽을 때까지 내버려 두는 관습이 있었단다(그것이 과거의 일이란 것을 하나님과 예수 그리스도께 감사드리자꾸나!). 또한 사형수가 직접 십자가를 등에 짊어지고 처형장으로 가는 것도 당시의 관습이었지. 사형수가 더 큰 수치심과 고통을 겪도록 말이야.

우리 구세주 예수 그리스도는 어깨에 십자가를 메고, 마치 극악무도한 흉악범처럼 박해하는 군중에게 둘러싸인 채 골고다 언덕을 향해 길을 떠나셨단다. 골고다란 히브리어로 '해골이 있는 곳'이란 뜻이야. 그리고 골고다에 도착했을 때 그들은 망치로 십자가에 예수의 손과 발을 못 박았지. 예수님의 양 옆 십자가에는 평범한 도둑이 못에 박혀 괴로워하고 있었단다. 예수님의 머리 위에는 히브리어, 그리스어, 라틴어로 "유대인의 왕, 나사렛 예수"라고 적힌 팻말이 달려 있었지.

　예수께서 고통을 겪는 동안 네 명의 병사들은 땅 위에 앉아 주님의 옷(그들이 주님에게서 벗겨 낸 옷)을 넷으로 나누어 서로 차지하겠다고 내기를 하고 잡담을 나누고 있었어. 그리고 쓸개즙을 섞은 식초와 물약을 넣은 술을 마시라고 예수께 권했지만 예수께서는 한 모금도 마시지 않으셨단다. 그쪽 길로 가던 사악한 사람들이 예수를 조롱했지.

"만약 네가 하나님의 아들이라면 십자가에서 내려와 봐."

　대사제들도 예수님을 모욕했단다.

"저 사람이 죄인들을 구하러 왔다는군. 자기 자신이나 구해 보라지!"

　옆의 십자가에 매달려 있던 도둑 한 명은 고통이 심한 나머지 예수께 욕설을 퍼부었어.

THE CRUCIFIXION
by Kehren

"당신이 그리스도라면 당신과 우리를 구해 봐."

그러나 또 다른 도둑은 자신의 죄를 뉘우치고 있었기에 이렇게 말했지.

"주님, 주님께서 주님의 왕국에 가시면 저를 기억해 주십시오."

예수께서는 그 도둑에게 이렇게 대답하셨단다.

"오늘 그대는 나와 함께 천국에 있을 것이다."

그곳에 주님을 동정하는 사람은 제자 한 명과 여자 네 명밖에 없었단다. 하나님께서는 이 여자들의 진심 어리고 고운 마음씨에 축복을 내려 주셨지! 그녀들은 예수의 어머니, 어머니의 자매, 클레오파의 아내 마리아, 그리고 자신의 머리카락으로 예수의 발을 두 번이나 닦아 준* 마리아 막달레나였단다. 제자 한 명은 예수가 사랑했고 예수의 가슴에 기대어 배반자가 누구냐고 물었던 요한이었어. 예수께서는 십자가 밑에 서 있는 그들을 보시고, 어머니에게 자신이 죽으면 요한이

* '베다니의 마리아'는 예수의 발에 두 차례 향유를 붓지만, 귀신 들렸다가 치유받은 '마리아 막달레나'에 대해서는 성경에 명시된 바 없다. 이 부분에 대해서 여러 의견이 분분하다.

아들이 되어 어머니를 위로할 것이라고 말씀하셨지. 그때부터 요한은 예수님 어머니의 아들이 되어 어머니를 극진히 섬겼단다.

낮 12시가 되자 지독한 어둠이 온 땅을 덮더니 오후 3시까지 계속되었단다. 이때 예수님이 큰 소리로 울부짖으셨어.

"나의 하나님, 나의 하나님, 왜 저를 버리셨나이까!"

병사 중의 한 명이 이 소리를 듣고 솜에 포도주를 조금 적셔서 그것을 긴 갈대에 꿰어 예수의 입에 갖다 대었는데, 다른 자들은 여전히 조롱하며 보고 있었지.

이때 예수께서 큰 소리로 외치셨어.

"모든 것이 끝났다! 아버지! 저의 영혼을 아버지 손에 맡깁니다!"

그러고는 숨을 거두셨단다.

그 순간 무시무시한 지진이 일어나, 성전의 거대한 벽에 금이 가고, 바위들이 조각조각 갈라졌어. 경비병들은 이 광경을 보고 겁에 질려 수군거렸지.

"정말로 이분이 하나님의 아들이었구나!"

멀리서 십자가를 지켜보던 사람들(그중에는 여자들이 많았어)은 가슴을 치며 두렵고 슬픈 마음을 안고 집으로 돌아갔단다.

이튿날은 안식일이었기 때문에 유대인들은 시체들을 바로 내리도록 허락해 달라고 빌라도에게 요청했어. 빌라도가 이를 수락했고, 몇 명의 병사들이 와서 아직 살아 있는 두 죄인의 다리를 꺾어 죽였지. 그러나 주님은 이미 죽은 것을 알고 창으로 옆구리를 찔러 보았는데, 그 상처에서 피와 물이 쏟아져 나왔어.

아리마대라는 유대인 도시에 요셉이라는 착한 사람이 있었는데, 그는 예수를 믿는 자였지. 그는 유대인들이 두려워 남몰래 빌라도를 찾아가 예수의 시신을 가져가게 해 달라고 부탁했단다. 빌라도는 이를 허락했고, 요셉은 니고데모와 함께 예수의 시신에 향유를 바르고 아마포로 싸서(당시에는 이런 식으로 장례를 치렀단다) 십자가에 못 박힌 곳에서 가깝고, 당시까지 아무도 묻히지 않은 새 무덤에 매장했지. 그러고 나서 무덤 입구를 큰 돌을 굴려 막았단다. 마리아 막달레나와 다른 마리아가 남아서 무덤 앞을 지키고 다른 사람들은 그곳을 떠났어.

대사제들과 바리새인들은 예수 그리스도께서 제자들에게 죽은 후 사흘 만에 무덤에서 부활하리라고 한 말을 기억하고, 빌라도에게 가서 제자들이 예수의 시체를 훔쳐 예수가 부활했다고 꾸미지 않도록 그날까지 무덤을 잘 지켜 달라고 간청했지. 이에 빌라도는 병사들을 보내 무덤 앞을 지키게 하고, 돌로 무덤을 단단히 막았단다. 이렇게 사흘째 되는 날까지 무덤을 밀봉하고 경비를 세워 두었지. 사흘째 되는 그날은 일주일의 첫 날이었단다.

그날 동이 터오기 시작하자, 마리아 막달레나와 다른 마리아, 그리고 몇 명의 여자들은 미리 준비한 약간의 향료를 가지고 무덤으로 향했어. 이들이 "저 돌을 어떻게 굴릴 수 있을까?"하며 고민하고 있을 때, 갑자기 땅이 뒤흔들리더니 하늘에서 천사가 내려와 그 돌을 굴리고 그 위에 앉았단다. 천사의 얼굴은 번개같이 빛났고, 옷은 눈처럼 하얬지. 천사를 본 병사들은 너무나 두려운 나머지 까무러치고 말았어.

마리아 막달레나는 돌이 굴려져 있는 것을 보고는, 황급히 달려가 무덤으로 오고 있던 베드로와 요한에게 말했지.

"누가 주님을 어디론가 데려가 버렸어요. 어디로 데려갔는지 모르겠어요."

그들은 즉시 무덤으로 달려갔지. 요한의 걸음이 더 빨라 무덤에 먼저 도착했단다. 요한은 허리를 굽히고 무덤 안을 들여다보았어. 시체를 감쌌던 아마포 수의를 보았지만, 안으로 들어가지는 않았단다. 베드로가 왔을 때, 그는 무덤 안에 들어갔지. 아마포 수의가 한쪽에, 머리를 감았던 천이 다른 쪽에 놓여 있었단다. 요한 또한 안으로 들어가 똑같은 광경을 보았어. 둘은 다른 이들에게 이 소식을 알리려 집으로 돌아갔지.

그러나 마리아 막달레나는 울면서 무덤 밖에 남아 있었어. 그러다가 잠시 후 그녀도 허리를 굽혀 안을 들여다보았단다. 흰 옷을 입은 천사 둘이 그리스도의 시체가 놓여 있던 곳에 앉아 있는 게 아니겠니. 이 두 천사가 마리아 막달레나에게 물었단다.

"여인이여, 그대는 왜 우는가?"

마리아 막달레나는 대답했지.

"누군가 제 주님을 데려갔는데, 어디로 데려갔는지 알지 못해서 그럽니다."

이 대답을 하고 나서, 마리아 막달레나는 뒤를 돌아서 자신의 뒤에 서 있던 예수를 보았으나 주님인 줄 알아보지 못했단 다. 그래서 예수께서 물으셨지.

"여인이여, 왜 우는가? 무엇을 찾고 있는 것이냐?"

마리아 막달레나는 예수님을 정원사로 착각하고 이렇게 대답했어.

"선생님, 선생님께서 저의 주님을 어디로 데려갔는지 알려 주세요. 그러면 제가 주님을 모시러 가겠습니다."

"마리아야."

예수께서 그녀의 이름을 부르자, 그제야 마리아는 예수님 을 알아보고 놀라 외쳤단다.

"선생님!"

예수께서는 이렇게 말씀하셨어.

"나를 만지지 말라. 나는 아직 나의 아버지 곁으로 올라가 지 못했다. 나의 제자들에게 가서 내가 아버지께로, 너의 아버 지께로, 나의 하나님께로, 너의 하나님께로 올라간다고 말하 거라."

마리아 막달레나는 예수님께서 이르신 대로 제자들에게 가서, 예수님을 보았다고 말하고 예수께서 전하라 명하신 말을 전했지. 한편 마리아 막달레나가 두 제자 요한과 베드로를 부르러 간 동안, 다른 여자들은 무덤으로 들어갔었단다. 그녀들도 빛나는 옷을 입은 두 천사를 보았고, 천사들을 보자마자 두려워 고개를 숙였지. 천사들이 주님께서 부활하셨다고 말해 주었단다. 그런 후 그녀들이 무덤에서 나와 길을 걷는데 눈앞에 그리스도께서 나타나셨고, 그녀들은 그리스도의 발을 붙잡고 예배를 드렸지. 또한 이 여자들은 마리아 막달레나와 다른 사람들을 찾아가 이 일을 모두 말했단다. 하지만 제자들은 말도 안 되는 소리라며 그 말을 믿지 않았어.

기절했던 병사들도 정신이 들자, 대사제들에게 달려가 자신들이 본 것을 말했어. 대사제들은 이 병사들에게 많은 돈을 주어 입막음을 하고는, 잠든 사이에 예수의 제자들이 예수의 시신을 훔쳐 갔다는 소문을 내라고 당부해 두었지.

그런데 우연히도 그날 시몬과 클레오파(시몬은 예수님의 제자이고, 클레오파는 예수님의 추종자란다)가 예루살렘에서 멀지 않은 곳에 있는 엠마오라는 마을로 걸어가면서 그리스도의 죽음과 부활에 대하여 이야기하고 있었지. 이때 웬 낯선 사람이 끼어들더니, 시몬과 클레오파에게 성서에 관해 설명하고 하나님에 대해 많은 것을 이야기했어. 둘은 낯선 남자의 지식에 깜짝 놀랐단다. 이들이 엠마오에 도착했을 때에는 날이 깜깜해지고 있었지. 시몬과 클레오파는 이 낯선 남자에게 함께 묵자고 말했고, 남자도 그러겠다고 동의했지. 셋이 저녁 식사를 하려고 자리에 앉자 낯선 남자는 빵을 집어 들고 감사의 기도를 올린 뒤 그 빵을 나누어 주었단다. 예수께서 최후의 만찬에서 하신 것처럼 말이야. 시몬과 클레오파가 놀라 낯선 남자를 쳐다보자 그의 얼굴이 눈앞에서 변하여 그리스도의 얼굴이 되었단다. 놀라 쳐다보는 사이에 남자는 사라졌지.

시몬과 클레오파는 즉시 자리에서 일어나 예루살렘으로 돌아갔고, 제자들이 함께 모여 있는 것을 보고 자기들이 본 것을 말했단다. 그들이 말하고 있는 동안 갑자기 예수가 그 일행의 한가운데 나타나 말씀하셨어.

"너희에게 평화가 있을지어다!"

제자들이 놀라 겁을 집어 먹자, 예수께서는 자신의 손과 발을 보여 주고, 그것을 만져 보라고 하셨어. 그리고 제자들을 격려하고 마음을 진정시킬 시간을 주기 위해, 제자들 앞에서 구운 생선 한 마리와 벌집 한 조각을 드셨단다.

THE LIGHT
OF THE WORLD
by holman hunt

그러나 열두 제자 중 한 명인 도마는 그 자리에 없었어. 그래서 나머지 제자들이 나중에 도마에게 "우리는 주님을 보았다"고 했는데도 도마는 계속 고개를 젓는 거야. "나는 그분의 손에 난 못 자국을 보고, 옆구리에 난 상처에 내 손을 넣어 보기 전까지는 믿을 수가 없소." 그때 문이 다 잠겨 있었는데 예수께서 다시 나타나 이렇게 말씀하셨단다.

"너희에게 평화가 있을지어다!"

그리고 나서 예수께서 도마에게 말씀하셨지.

"네 손을 이리 내밀어 내 손을 보아라. 그대의 손으로 내 옆구리를 찔러 보아라. 믿지 않는 사람이 되지 말고 믿는 사람이 되거라."

그러자 도마는 예수께 말했지.

"나의 주님, 나의 하나님!"

그러자 예수께서 말씀하셨단다.

"도마, 너는 나를 보고서야 믿는구나. 나를 보지 않고도 믿는 자가 복 받은 사람이다."

그 후에 예수 그리스도께서는 500명의 신자가 모인 곳에 나타나셨고, 다른 사람들과 40일 동안 함께 계시며 그들을 가르치시고 그들에게 세상에 나가 그의 복음과 종교를 설교하라고 하시면서, 사악한 사람들이 그 어떤 방해를 하든 개의치 말라고 말씀하셨어. 마지막으로 예수께서는 제자들을 예루살렘에서 베다니로 인도하시고는 그들에게 축복을 내리시고 하늘에 올라 하나님 오른편에 앉으셨단다. 그들이 예수님이 사라진 밝고 푸른 하늘을 쳐다보고 있는 동안 흰 옷을 입은 천사 두 명이 나타나서 말했지. "너희가 예수께서 하늘로 올라가시는 모습을 본 것과 같이, 앞으로 언젠가 이 세상을 심판하기 위해 하늘에서 내려오시는 모습을 보리라."

그리스도께서 더 이상 이 세상에 모습을 나타내지 않자, 제자들은 예수께서 말씀하신 대로 사람들을 가르치기 시작했단다. 사악한 유다를 대신해 마티아라는 새 사도를 뽑았고, 그들은 온 나라를 돌아다니며 사람들에게 그리스도의 삶과 죽음, 십자가에 못 박히심과 부활, 그리스도의 가르침을 전하고, 예수 그리스도의 이름으로 세례를 베풀었단다. 그리고 주님께서 준 힘을 이용하여 병자들을 고치고, 눈먼 사람에게 광명을 주고, 벙어리가 말을 하게 하고, 귀머거리가 소리를 듣게 했단다. 베드로는 감옥에 갇히기도 했지만 한밤중에 천사가 구출

해 주었지. 그리고 한번은 베드로가 하나님 앞에서 아나니아와 그의 아내 삽비라에게 거짓말을 한 죄를 묻자, 둘이 그 자리에서 쓰러져 죽었단다.

사도들은 어디를 가든지 박해를 받고 잔혹한 대우를 받았어. 스데반이라는 기독교도를 돌로 쳐 죽인 야만스러운 무리에 끼어 있는 사울이라는 자가 항상 적극적으로 사도들을 괴롭히는 데 앞장섰지. 그러나 후에 하나님께서 사울의 마음을 돌려놓았어. 사울이 기독교인을 찾아내어 감옥에 잡아넣기 위해 다메섹이라는 도시로 가는 도중에 하늘에서 커다란 불빛이 그를 비추었단다. 그리고 하늘에서 목소리가 들려왔지.

"사울아, 사울아, 너는 왜 나를 박해하느냐?"

사울은 같이 말을 타고 가던 모든 경비병들과 병사들이 보는 앞에서 눈에 보이지 않는 손에 의해 바닥으로 쓰러졌지. 동료들이 사울을 일으켰을 때 사울은 눈이 멀어 있었단다. 사울이 사흘 동안 식음을 전폐하고 누워 있을 때, (그 목적을 위해서 천사가 보낸) 한 기독교인이 예수 그리스도의 이름으로 그의 시력을 회복해 주었어. 그 후 사울은 기독교인이 되어 다른 사도들과 함께 설교도 하고 가르치기도 하며 신앙생활을 했고 큰 업적을 남겼단다.

사도들은 '우리 구세주 그리스도'라는 말에서 그리스도교, 즉 기독교라는 이름을 따왔고, 그 표식으로 십자가를 가지고 다녔단다. 주님께서 십자가에서 돌아가셨잖아. 그 당시 세상에 있던 종교들은 거짓되고 잔인해서 사람들이 폭력을 휘두르도록 조장했단다. 짐승들과 사람들까지도 교회에서 죽임을 당했지. 짐승과 사람의 피 냄새가 '수많은' 신들의 기분을 좋게 할 것이라고 믿었기 때문이야. 그리고 아주 잔인하고 구역질 나는 의식도 많이 행해지고 있었어. 이런 일이 있었음에도, 또 기독교는 참되고 친절하고 선한 종교임에도 구 종교들의 사제들은 사람들을 부추겨 기독교인들에게 온갖 핍박을 가했지. 그래서 기독교인들은 여러 해 동안 교수형과 참수형, 화형을 당하거나 생매장을 당했고, 사람들에게 즐거운 구경거리를 제공해 주려고 경기장에서 야생동물들의 먹이가 되기도 했단다. 그래도 기독교도의 입을 막거나 겁에 질리게 만들수는 없었어. 기독교인들은 자신의 의무를 다하면 천국에 갈수 있다는 사실을 알고 있었으니까. 수천, 수만의 기독교인이새로 생겨 사람들을 가르치고 죽임을 당했으며, 다른 기독교인이 또 나타나 그들의 뒤를 이었지. 그렇게 기독교는 마침내 세계의 종교가 되었단다.

명심하거라! 우리에게 해를 끼치는 사람에게도 항상 선을 행하는 것이 기독교란다. 우리의 이웃을 우리 자신처럼 사랑하고, 다른 사람들이 우리에게 해 주기를 바라는 것처럼 모든 사람을 대하는 것이 기독교란다. 상냥하고 자비롭고 용서를 해 주며, 그러한 미덕을 우리 마음속에 조용히 간직하고 그 사실을 결코 자랑하지 않는 것, 또는 우리의 기도나 하나님에 대한 사랑을 결코 자랑하지 않는 것, 그리고 겸손하고 묵묵하게 올바른 일을 함으로써 주님에 대한 사랑을 보여 주는 것이 기독교란다. 만약 우리가 이러한 일을 행하고 우리 주 예수 그리스도의 생애와 교훈을 기억해서 실천에 옮기려고 노력한다면, 하나님께서 우리의 죄와 실수를 용서해 주시고, 우리가 평화롭게 살다가 죽게 해 주실 거란다.

찰스 디킨스가 남긴 숨은 명작
《예수의 생애》

찰스 디킨스의 작품 세계

찰스 디킨스가 어렸을 때, 그의 아버지 존 디킨스는 채무 불이행자가 되어 수감되었습니다.* 그 덕에 열두 살 소년은 착취의 대상이 되었고, 하루에 10시간 이상씩 일했던 경험은 트라우마로 남아 디킨스를 괴롭히기도 했지만 긍정적 효과로 문학에 폭넓게 투영되기도 합니다.**

* 존 디킨스(John Dickens)는 귀족문화를 받아들여 귀족처럼 사교 생활을 흉내 냈는데 빚을 얻어 사교생활을 유지하다가 1823년 완전 파산하고 채무불이행으로 채무자 감옥(Marshalsea Debtor's Prison)에 수감된다. 당시의 관례대로 가족들까지도 감옥으로 들어가 함께 생활해야 했는데, 장남인 디킨스는 돈을 버느라 하숙을 했고 주말에는 채무자 감옥에 면회를 하러 드나들었다.

** 《올리버 트위스트》의 등장인물 9세 '올리버'나 《데이비드 코퍼필드》의 '찰스'에는 노동 착취에 시달렸던 12세 어린 찰스 디킨스의 모습이 반영되어 있다.

그가 사용한 필명 보즈(Boz)에는 신체적 결함 때문에 자신의 이름 모세스(Moses)를 제대로 발음하지 못했던 동생의 사연이 묻어 있고,《골동품 상점》에서 어린 '넬'의 모습 속에는 갑작스런 병으로 죽은 처제 '메리'*가 보입니다.

신문 기자로서의 활동으로 기자 출신 작가였던 마크 트웨인**이나 어니스트 헤밍웨이***처럼 디킨스 특유의 정교하고 날카로운 묘사가 다듬어졌으며, 독특한 문체를 갖고 작가로

---

* 디킨스의 친구이자 시인이었던 알프레드 테니슨(Alfred, Load Tennyson)은 일찍 죽은 처제 '메리'에 대해 "매일 그녀를 생각하고 있으며 특별한 여행을 할 때면 같이 왔으면 얼마나 좋았을까 하는 생각을 하고 죽은 그녀의 손에서 반지를 빼내 평생을 차고 다녔다. (…) 디킨스는 그녀의 죽음으로부터 평생 회복하지 못할 정도였고 심지어 그녀의 머리카락도 잘라 목걸이에 넣어 가지고 다녔다"고 증언한다. 또 다른 처제 '조지나'도 평생 독신으로 디킨스의 아이들을 돌보았으며 언니가 이혼한 후에도 죽을 때까지 디킨스를 따랐다. '조지나'와 사이에 디킨스가 사생아를 두었고 아들이 호주에 살고 있다는 주장도 있다.

** 《톰 소여의 모험》《허클베리 핀의 모험》《왕자와 거지》의 저자로 '미국문학의 효시', '미국문학의 링컨'으로도 평가받는 그는, 당대의 정치적·사회적 문제에 관심을 기울인 사회 비평가로도 크게 활동했다. 샌프란시스코의 신문 기자 출신이었다고 한다.

*** 《노인과 바다》로 퓰리처상을 받고, 1954년 노벨문학상을 받은 미국의 대표적 소설가 헤밍웨이는 제1차 세계대전 중 자원입대하여 야전 위생대로 프랑스에 갔다. 후에 이탈리아 전선에서 부상당한 후 이탈리아 전선의 체험과 풍경을 묘사한 소설《무기여 잘 있거라》로 작가로서의 지위를 확립했다. 그리고 에스파냐 내란에서 취재한《누구를 위하여 종을 울리나》로 인기를 얻었다.

성장할 수 있었습니다. 사회의 밑바닥을 탐사하는 신문 기자로서의 현장 경험 또한 그의 소설 곳곳에 뿌리를 내리고 있습니다.

작품뿐 아니라 독자와 소통하는 데 있어서도 그는 자신의 경험을 최대한 긍정적 에너지로 사용합니다. 저널리스트로서의 경험을 살려 소설을 다 쓰지 않고 분할하여 일부를 출판하거나, 잡지에 연재하면서 독자의 반응을 살피고 독자가 보낸 편지나 판매 부수의 동향을 파악하여 작품에 반영함으로써, 독자들과 지속적으로 은밀한 유대감을 유지하면서 광범위한 독자층을 확보해 나갔습니다.

심지어 자신이 펼치지 못한 꿈*을 잘 활용하여 낭독회**라는 독특한 아이디어를 만들어 냈고, 생애 마지막 동안 소설 낭독을 위해 영국 곳곳과 미국을 여행하여 가는 곳마다 대대적인 성공을 거두며 대중의 눈물 어린 환대와 지역 유지들의

---

* 디킨스는 학창 시절부터 연극에 소질이 있었는데, 변호사 사무실 사환으로 일할 때 배우 오디션을 받으려 했지만, 독감에 걸려 나가지 못해서 배우의 꿈을 접었다고 한다.

** 1850년대 들어 디킨스는 유료 작품 낭독회를 많이 열었는데,《크리스마스 캐럴》같은 작품의 주요 대목을 마치 배우가 연기하듯 낭독했다.

영접을 받았습니다.

　삶을 통해 개혁적·도덕주의자적 시각을 갖게 된 디킨스는 보통사람들에 대한 공감을 유지하면서 영국에서 무시돼 왔던 방대한 사회 현안에 대해 성찰하는 태도로 섬세한 묘사와 더불어 치밀하게 작품을 구성하되* 친밀한 공감대와 편안한 이야기 형식으로 대중에게 다가갔습니다.

《예수의 생애》에 묻어나는 찰스 디킨스의 특성

　《예수의 생애》는 찰스 디킨스의 유언**에 따라 공개되지 못하다가 디킨스가 별세한 후에 마지막으로 출간된 소박하고 간결한 문체의 기독교 동화입니다.***

---

* 그의 묘사는 마치 사회를 고성능 현미경으로 들여다보는 것과 같다. 전기문학 작가 슈테판 츠바이크(Stefan Zweig)는 《천재와 광기》에서 이렇게 썼다. "찰스 디킨스는 이 섬세한 표현들을 가능케 하는 알 수 없는 통찰력을 지니고 있었다. 그의 눈빛은 어떤 것도 빼어 먹지 않았고, 사진기의 성능 좋은 셔터처럼 순간순간 움직여 백 분의 일 초를 포착하였다."

** 디킨스가 죽기 21년 전인 1849년에 자녀들에게 남기기 위해 복음서에 나타난 예수의 생애를 이야기하듯 풀어 낸 사적이고 제한적인 기록으로 자신의 자녀들에게 가장 적합하다고 생각하는 형태로 썼다.

*** 증손자 제럴드 디킨스는 찰스 디킨스의 아들 '헨리 필딩 디킨스'가 자신의 사망 이후에 이 책을 모든 가족이 동의하면 출판해도 좋다는 유언을 했다고 주

이 책은 총 11장으로 구성되어 있고, 예수님의 발자취를 더듬어 가면서 아이들에게 쉽고 간결하게 이야기하는 형식으로 쓰였습니다. 예수님의 탄생과 어린 시절 이야기, 사람들에게 다가가 천국 복음을 전하시기 위해 제자들을 가르치시고 말씀을 증명하며 기적을 베푸시는 공(公)생애 이야기, 또 모함을 받아 체포되시고 불의한 재판을 받아 십자가 고난을 당하신 이야기, 돌아가시고 부활하셔서 승천하신 이야기, 이후 사도들의 사역에 관한 이야기까지 아이들의 눈높이에 맞춰 소개하고 있습니다.

이 책은 단지 성경을 쉽게 풀어 놓은 게 아니라, 찰스 디킨스의 해석과 지식이 많이 반영된 또 하나의 창작품이라 할 수 있습니다. 찰스 디킨스가 의도했든 그렇지 않았든 간에, 작품 가운데 그의 믿음과 생각과 주장을 엿볼 수 있기 때문입니다.*

장하며, 1934년 3월에 연재 형식으로 출간한다.

* 예수님에 대한 묘사나 천국에 대한 정의(제1장), 기적의 의미(제2장), 예수께서 가난한 자들 중에 제자를 고른 이유(제3장), 빚을 탕감하는 문제에서 첨가된 교훈의 내용(제5장), 탕자에 비유 이후 첨가한 비유의 의미(제7장), 순교에 대한 이야기와 기독교란 무엇인가에 관한 내용 그리고 우리는 어떻게 살아가야 하는가에 관한 문제들(제11장)이 언급되고 있다.

사복음서를 넘나들면서 재구성한 예수님의 생애는 가족에게만 읽히기 위해 기록한 글이라고는 믿기 어려울 정도로 탄탄하며, 이 책이 단지 자녀들뿐 아니라 자신 스스로의 믿음을 확인하고 정리하기 위해 썼다는 느낌이 작품 곳곳을 통해 느껴집니다.

극화된 듯 보이는 문체나 성경과 상이한 부분들*이 거슬려 보이기도 하지만, 지도자의 역량에 따라 성경과 비교하며 집중력을 높이거나 토론의 소재로 삼기 좋은 재료로 보입니다. 그리고 우리가 신앙해야 할 그리스도가 아니라, 우리가 본받아야 할 인간 예수의 도덕적이고 행위적인 면을 강조했다는 느낌이 듭니다. 이는 자녀들이 예수님의 삶과 가르침을 알고 받아들여, 이웃을 용서하고 사랑하며 배려할 줄 아는 사람으로 성장하기를 바라는 목적에서 비공개를 전제로 한 것이기에 이해할 수 있을 것 같습니다.

이 기록은 존재 자체만으로 세상 모든 가정과 부모에게 중

* 제1장에 천사가 목자들에게 말하는 내용, 제4장에 예수님이 세례 요한의 시신을 묻어 주었다는 내용, 제6장에 천사들은 모두 어린아이라 하는 내용, 그리고 선한 사마리아인의 비유에서 모든 인간을 연민하라는 내용을 첨가한 것을 말한다.

요한 메시지를 가지고 있습니다. 그것은 바로 자녀들에게 물려줄 것은 눈에 보이는 물질적인 것보다 눈에 보이지 않고 잡을 수 없는 신앙적이고 정신적인 유산이라는 사실과, 이것이 가장 중요한 교육이자 아이에 대한 사랑을 표현하는 최고의 방법이라는 것입니다.

또 한 가지 주목해야 할 것은 아무리 예수의 생애에 대한 역사적인 사실과 기록을 기반으로 재구성한다고 해도 작품에는 작가의 삶과 신념이 고스란히 드러날 수밖에 없다는 사실입니다. 그러므로 이 《예수의 생애》라는 작품에는 예수의 생애뿐 아니라, 찰스 디킨스의 삶 또한 진하게 배어 있을 수밖에 없는 것입니다.

짧은 글 긴 생각

찰스 디킨스는 열두 살 때부터 가족과 헤어져 부모로부터 제대로 된 돌봄을 받지 못했습니다. 그래서인지 첫아들이 열두 살 되던 해를 즈음해서 자녀들을 위해 신앙적이고 교훈적인 《예수의 생애》를 썼지만,* 막내가 열두 살이 채 되기 전에

---

* 1836년 결혼한 후 9개월 만에 첫아들이 태어났고, 1849년에 《예수의 생애》를

별거를 함으로써* 자신의 안타까운 삶을 자녀들에게 대물림하고 맙니다. 수많은 지혜를 기록한 솔로몬도 정작 자녀**를 바른 길로 인도하기 버거웠듯이, 찰스 디킨스의 발버둥이 자녀들에게 어떤 의미가 될 수 있었는지는 분명하지 않습니다.

하지만 찰스 디킨스는 자신의 긍정적인 재능뿐 아니라, 부끄럽고 아픈 부분까지도 에너지로 전환하여 글과 연설을 통해 빅토리아 시대 사회의 부조리와 위선을 고발했습니다. 그리고 열심히 일해 쌓은 부를 사회 빈곤 계층과 억압받는 계급을 위해 베푼 사람이었습니다. 또한 단순한 소설가가 아니라 삶의 모습을 사회적인 상황과 관련시켜 진지하게 추구한 도덕주의자로서, 그와 작품의 영향력은 영국이라는 국경과 빅

썼으니 열두 살 즈음이 맞다. 이 시기에 준자전적 소설 《데이비드 코퍼필드》를 집필했는데, 필자는 이 시기에 디킨스가 자신의 어릴 적을 회상하며 자녀들에게 아버지로서의 역할을 숙고할 만한 개연성이 충분히 있다고 생각한다.

* 찰스 디킨스는 1858년 결혼한 지 22년 만에 별거에 들어간다. 자녀가 10명이니 막내가 태어나려면 최소한 10년 이상은 걸렸을 것이고, 1년에 한 명씩 출산하였어도 열 번째 막내는 1947년 이후에 출산했을 것이다. 그러므로 찰스 디킨스가 별거할 1858년에는 막내의 나이가 열두 살이 안 됐을 것이다.

** 솔로몬의 아들인 르호보암을 말하는 것으로, 그의 지혜롭지 못한 선택으로 이스라엘은 분열 왕국의 시대를 맞게 되었다.

토리아 시대의 벽을 넘어 확장되어 가고 있습니다.

차성수[*]

* 특별기고가. 현재 창대교회 담임목사다. 청소년 교육선교회 연구위원이며, 몸소리 창작 연구회를 운영하고 있다.

1812년 2월 7일 영국 남부의 포트 시(현 포츠머스) 외곽에서 존 디킨스(John Dickens)와 엘리자베스 버로우(Elizabeth Barrow)의 8남매 중 둘째이자 장남으로 태어남. 조부모는 하인 출신이었고, 아버지가 해군 경리국 하급 관리로 사교적이고 유머러스하나 경제적으로 무능해서 계속 이사를 다녔음. 어머니는 밝은 여자였으나 대체로 자식들에게 무정했음.

1817년 아버지가 켄트 주 채텀(Chatham)의 해군 조선소에서 일하면서 형편이 좀 나아져서 잠시 학교에 다녔는데, 공교육보다 이 시절 다락방에서 읽었던 소설들이 그의 인생에 큰 영향을 끼침.

1822년 경제적 어려움으로 온 가족이 런던 캠든 타운(Camden Town) 근처의 빈민가로 이사함. 디킨스는 남은 학기를 마치려고 채텀에 더 머물다가 홀로 런던으로 왔는데, 이때 받았던 런던의 첫인상을 평생토록 잊지 못함.

1824년 아버지가 결국 빚 때문에 마셜씨 채무자 감옥(Marshalsea Debtor's Prison)에 수감되자, 당시의 관례대로 가족들이 감옥에 함께 거주함. 장남인 12살 디킨스는 생계를 위해 홀로 하숙하며 구두약 공장에 취직함. 이 시절의 혹독한 노동 경험과 좌절감을 소설 《데이비드 코퍼필드(David Copperfield)》에 그려냄.

1825년 할머니의 유산으로 부채를 청산하자 구두약 공장을 그만둠. 아버지가 3년 과정의 웰링턴 하우스 아카데미(Wellington House Academy)에 보내 공부를 재개하게 해주는데, 어머니는 계속 공장에서 돈을 벌어오도록 강요함. 이때 느꼈던 실망감에 디킨스는 평생 어머니와 서먹한 관계가 됨.

1827년 집안 사정으로 또다시 학교를 그만두고 앨리스앤드블랙모어 변호사사무실의 사환으로 근무하는데, 일하면서 법 제도와 변호사에 대해 거부감을 느끼게 됨. 이후 대영박물관 자료 검토원으로도 잠시 근무함.

1832년 독학으로 속기법을 익혀서 20세에 의회(민법박사회관) 속기사로 근무. 이

곳에서의 경험으로 의회를 불신하게 되는 한편 부정부패, 빈부격차 등 사회 현상에 눈을 뜸. 은행가의 딸인 마리아 비드넬(Maria Beadnell)과 사랑에 빠지나 그녀의 부모가 딸을 파리로 유학 보내며 이별함. 훗날 《데이비드 코퍼필드》 속 '도라'의 모델이 됨.

1833년 잡지 《먼슬리 매거진》 12월호에 단편소설 〈포플러 거리의 만찬(A Dinner at Poplar Walk)〉을 발표하며 작가로서 첫발을 내디딤.

1834년 '보즈(Boz)'라는 필명으로 여러 정기 간행물에 런던의 일상을 그린 단편들을 기고해 상당한 인기를 얻음. 신문사 〈모닝 크로니클(Moring Chronicle)〉 기자로 취직함.

1835년 〈이브닝 크로니클〉의 편집장 조지 호가스의 딸 캐서린 호가스(Catherine Hogarth)와 약혼함.

1836년 2월 8일, 그간 발표한 단편들을 모아 첫 작품집 《보즈의 스케치(Sketches by Boz)》 출간함. 이후 《픽윅 클럽 여행기(Pickwick Papers)》 연재를 시작함. 평생 문학적 조언자이며 장차 그의 전기를 집필할 존 포스터(John Foster)와도 만남. 4월 2일, 캐서린 호가스와 결혼. 호가스 집안은 경제적으로는 부유하지 않지만 문화적으로는 세련된 분위기였으며, 이후 처제들인 메리(Mary)와 조지나(Georgina)와 독특한 유대 관계를 형성. 조지나는 평생 독신으로 디킨스의 집에 살며 살림을 했고, 언니 캐서린이 이혼한 후에도 계속 남아서 디킨스의 임종까지 지킴.

1837년 1월에 10남매 중 장남 찰리가 태어나고 블룸즈버리의 좀 더 안락한 집으로 이사함. 이때 동생 프레데릭과 처제 메리도 함께 사는데, 메리가 병으로 갑자기 죽자 큰 충격을 받아 처음이자 마지막으로 소설 연재를 중단함. 이후 메리는 《골동품 상점(The Old Curiosity Shop)》 속 '넬'을 비롯한 여러 작품의 여주인공으로 그려짐. 〈벤틀리스 미셀러니(Bently's Miscellany)〉의 편집장이 되어 창간호를 내고, 여기에 2년간 〈올리버 트위스트〉를 연재함. 《픽윅 클럽 여행기》를 단행본으로 출간하고 폭발적인 인기를 얻음.

1838년 《올리버 트위스트》를 출간하고, 다수의 표절작이 나올 정도로 인기를 끔.

1839년 10월, 《니콜라스 니클비(Nocholas Nickleby)》를 출간함. 리젠트파크(Regent Park) 근처의 고급 주택가로 이사하여 자수성가한 중산층의 본보기가 됨.

1840년 〈험프리 님의 시계(Master Humphrey's Clock)〉라는 주간지를 창간, 여기에 〈골동품 상점〉 연재를 시작함.

1841년 《골동품 상점》과 첫 역사소설 《바너비 러지(Barnaby Rudge)》를 출간함.

1842년 왕성한 집필 활동을 잠시 중단하고 새로운 견문을 넓히고자 아내 캐서린과 함께 미국을 여행함(1월~6월). 극진한 환대를 받았지만, 왕이나 계급이 없는 자유 민주주의 국가를 기대했다가 노예 제도를 목격하고 몹시 실망했고, 또한 자신의 책이 미국에서 수백만 권이나 팔렸음에도 한푼도 받지 못했던 터라 공식석상에서 저작권과 관련해 미국을 비난하여 미국에서의 인기에 큰 타격을 입음. 이후 《미국 여행 노트(American Notes)》 두 권을 발표함.

1843년 12월 19일, 《크리스마스 캐럴(Christmas Carol)》을 출간했는데, 크리스마스 주간에만 6천 권이 팔렸고 이후 다양한 형태로 편집 출간되며 어마어마한 성공을 거둠. 영어권 사회에서는 크리스마스트리에 없어서는 안 될 장식품이 됨. 이후로 매해 12월마다(1847년만 제외) 크리스마스 북을 출간함.

1844년 《마틴 처즐위트(Martin Chuzzlewit)》를 발표하여 미국인의 속물주의를 풍자함. 가족과 함께 이탈리아, 스위스, 프랑스를 여행하며 1년을 보냄. 잠시 런던으로 귀국해 친구들 앞에서 낭독회를 가진 다음, 12월 16일에 《종소리(The Chimes)》를 출간함.

1845년 런던으로 돌아옴. 12월 20일에 《난롯가의 귀뚜라미(The Cricket on the Hearth)》를 출간함.

1846년 잠시 〈데일리 뉴스(Daily News)〉 편집장을 맡음. 《이탈리아의 초상(Pictures from Italy)》을 출간함. 12월에 《인생의 전투(The Battle of Life)》를 출간함.

1847년 집 없는 여성들을 위한 쉼터 '우라니아 코티지'를 설립함.

1848년 《돔비와 아들(Domby and Son)》을 출간함. 12월에 마지막 크리스마스 북인 《유령의 선물(The Haunted Man and the Ghost's Bargain)》을 출간함.

1849년 자녀들에게 성경 이야기를 들려주기 위해 간단한 원고인 〈예수의 생애(The Life of Our Lord)〉를 작성함. 출판할 의도가 없다고 명백히 밝힘.

1850년 주간지 〈가정 이야기(Household Words)〉를 창간함. 1859년까지 발행하며 가정의 중요성을 예찬했는데, 자신은 아내와 끊임없이 불화를 겪으며 가정생활이 평탄치 않았음. 자전적 소설 《데이비드 코퍼필드》를 출간함.

1851년 자신이 이끌던 극단과 함께 빅토리아 여왕 앞에서 연극을 공연함. 어린이를 위한 쉬운 역사서 《찰스 디킨스의 영국사 산책(A Child's History of England)》을 집필하기 시작함.

1853년 《황폐한 집(Bleak House)》을 출간함. 처음으로 공개 낭독회를 개최함.

1854년 〈가정 이야기〉에 매주 연재한 《어려운 시절(Hard Times)》을 출간함.

1856년 어린 시절 동경했던 로체스터(Rochester) 근교에 갯즈힐(Gad's Hill) 저택을 구입해서 정착함.

1857년 《리틀 도릿(Little Dorrit)》을 출간함. 윌키 콜린스(Wilkie Collins)의 멜로드라마 〈얼어붙은 골짜기(The Frozen Deep)〉의 연출을 맡고 배우로 출연하며 여배우 엘렌 터넌(Ellen Ternan)과 사랑에 빠짐.

1858년 아내 캐서린 호가스와 별거하고, 이후 순회 작품 낭독회를 시작함. 극장에서 유료 관객에게 작품의 몇 장면을 골라 낭독하는 형식으로, 엄청난 인기 속에 죽을 때까지 계속됨. 막대한 돈을 벌지만 건강을 해치는 결정적인 원인이 됨.

1859년 주간지 〈일 년 내내(All the Year Round)〉를 발간하고, 4월부터 《두 도시 이야기(A Tale of Two Cities)》를 연재한 후 출간함.

1860년 〈일 년 내내〉에 매주 〈위대한 유산(Great Expectation)〉을 연재함.

1861년 《위대한 유산》을 세 권으로 묶어 출간함.

1865년 엘렌과 파리 여행을 다녀오던 중 열차 전복 사고를 겪음. 다행히 큰 부상은 없었으나 충격을 받아, 이후 몇몇 환상 및 공포 소설을 쓰게 됨. 마지막 장편 《우리 모두의 친구(Our Mutual Friend)》를 출간함.

1867년 두 번째로 미국 여행을 떠남. 보스턴, 뉴욕, 워싱턴 등지를 순회하며 70여 회의 작품 공개 낭독회를 개최해 소원하던 미국 독자들과 화해했고 수익도 거둠. 에머슨, 롱펠로 등의 저명한 작가들과도 만남.

1868년 귀국해서 순회 낭독회를 계속함. 과도한 일정으로 건강이 더욱 악화됨.

1869년 4월, 낭독회 일정 도중 랭커셔 프레스턴에서 마비 증세를 겪고 쓰러지며 낭독회를 취소함. 12권으로 계획된 미스터리 소설 《에드윈 드루드의 미스터리(The Mystery of Edwin Drood)》를 집필하기 시작함.

1870년 런던 세인트제임스홀에서 열린 고별 낭독회에서 《크리스마스 캐럴》과 《픽 윅 클럽 여행기》를 낭독함. 갯즈힐의 서재 샬레 하우스(Chalet House)에서 종일 《에드윈 드루드의 미스터리》를 집필한 후 저녁 식사 때 쓰러졌고, 의식을 회복하지 못한 채 다음 날인 6월 9일 세상을 떠남. 소박한 장례를 원했던 생전의 바람과는 달리, "영국은 가장 위대한 작가를 잃었다"는 찬사를 받으며 셰익스피어, 초서, 밀턴 등과 함께 웨스트민스터 대성당의 시인 묘역에 안장됨.

1934년 3월, 후손들의 동의 하에 미발표 원고인 《예수의 생애》가 출간됨.

옮긴이 **원은주**

충북대학교에서 고고미술사학을 전공했다. 현재 영어 전문 번역가로 활동하고 있다. 옮긴 책으로 《야수의 정원》《노란 새》《붉은 엄지손가락 지문》《죽음의 전주곡》《8인의 고백》《9번의 심판》《노예 12년》《할로 저택의 비극》《벙어리 목격자》《다섯 마리 아기 돼지》《헤라클레스의 모험》《필로미나의 기적—잃어버린 아이》 등이 있다.

예수의 생애

1판 1쇄 펴낸 날 2025년 6월 30일

지 은 이   찰스 디킨스
옮 긴 이   원은주
펴 낸 이   장영재
펴 낸 곳   (주)미르북컴퍼니
자 회 사   더스토리
전   화   02)3141-4421
팩   스   0505-333-4428
등   록   2012년 3월 16일(제313-2012-81호)
주   소   서울시 마포구 성미산로32길 12, 2층 (우 03983)
E-mail   sanhonjinju@naver.com
카   페   cafe.naver.com/mirbookcompany
인스타그램   www.instagram.com/mirbooks